ÉTICA PARA MEUS PAIS

Yves de La Taille

ÉTICA PARA MEUS PAIS

Capa	Fernando Cornacchia
Coord. e copidesque	Beatriz Marchesini
Diagramação	DPG Editora
Revisão	Ana Carolina Freitas, Elisângela de Freitas Montemor, Isabel Petronilha Costa e Maria Lúcia A. Maier

Dados Internacionais de Catalogação na Publicação (CIP)
(Câmara Brasileira do Livro, SP, Brasil)

La Taille, Yves de
  Ética para meus pais/Yves de La Taille – Campinas, SP: Papirus, 2011.

Bibliografia.
ISBN 978-85-308-0927-0

1. Educação moral 2. Ética 3. Pais e filhos 4. Valores (Ética)
I. Título.

11-02228   CDD-170

Índice para catálogo sistemático:
1. Ética   170

5ª Reimpressão – 2019

Exceto no caso de citações, a grafia deste livro está atualizada segundo o Acordo Ortográfico da Língua Portuguesa adotado no Brasil a partir de 2009.

Proibida a reprodução total ou parcial da obra de acordo com a lei 9.610/98.
Editora afiliada à Associação Brasileira dos Direitos Reprográficos (ABDR).

DIREITOS RESERVADOS PARA A LÍNGUA PORTUGUESA:
© M.R. Cornacchia Editora Ltda. – Papirus Editora
R. Barata Ribeiro, 79, sala 316 – CEP 13023-030 – Vila Itapura
Fone/fax: (19) 3790-1300 – Campinas – São Paulo – Brasil
E-mail: editora@papirus.com.br – www.papirus.com.br

Sumário

APRESENTAÇÃO 7

FURA-FILA 10

MEU ANIVERSÁRIO. 17

O BONÉ 26

O CASTIGO. 35

O DIA DAS MÃES 45

A CORAGEM 56

VÔ CHICO VAI CASAR 66

EU SOU TURISTA (1) – PREPARATIVOS DE VIAGEM. 76

EU SOU TURISTA (2) – A VIAGEM DE AVIÃO 87

EU SOU TURISTA (3) – PARIS 98

EU SOU TURISTA (4) – ESTAMOS DE VOLTA 108

A HISTÓRIA DA FAMÍLIA (1) – A RAÇA 118

A HISTÓRIA DA FAMÍLIA (2) – O GUERREIRO 128

A HISTÓRIA DA FAMÍLIA (3) – O SEGREDO 139

O SEGREDO DA RISADA DA IRMÃ DULCE 149

O JOGO DE FUTEBOL. 161

A PROFESSORA SUBSTITUTA (1) – A ANDRÉIA 173

A PROFESSORA SUBSTITUTA (2) – O TESTE 184

O PARAPSICÓLOGO. 196

AS VIRTUDES 210

A PISCINA 222

O CELULAR (1) – O DEBATE 233

O CELULAR (2) – A GREVE 246

ÉTICA PARA MEUS PAIS 259

Apresentação

Li há bastante tempo o livro do filósofo espanhol Fernando Savater intitulado *Ética para meu filho*, no qual um "pai" escreve pequenos textos para seu "filho" adolescente. Contrariamente ao que muitos poderiam pensar ao ler a palavra "ética", geralmente empregada como sinônima de moral, não se trata de um livro de *catecismo*, com belos discursos sobre o bem e o mal, embora o tema dos deveres também esteja presente. Trata-se de reflexões sobre a vida e sobre atitudes perante seus desafios. Trata-se de reflexões sobre *costumes* (origem etimológica da palavra "ética"), apresentadas por um "pai" que não pontifica, mas que se mostra astuto e não raramente com senso de humor. É claro que se a personagem "pai" não tivesse sido criada por um filósofo de profissão, dificilmente poderia propor a seu filho textos com tantas referências literárias e argumentos rigorosamente encadeados. Porém, há algo no livro que está ao alcance de muitos adultos, pois não depende de estudos aprofundados: o bom-senso. É o caso, por exemplo, quando ele diz ao filho que "a ética nada mais é do que a tentativa racional de viver melhor", ou quando lhe afirma que nossa única obrigação nesta vida é a de "não sermos imbecis".

Porém, lendo o livro e pensando nos pais e nas mães *de verdade* — nós! —, veio-me a dúvida: estamos minimamente à altura de falar de ética, ou seja, de falar da vida para nossos filhos? Quando digo "nós", refiro-me aos adultos de hoje, esses seres meio exóticos e confusos da chamada pós-modernidade. Mais ainda: nossas condutas serão inspiradoras para que as novas gerações se encaminhem na realização de uma "vida boa", de uma vida inteligente e que faça sentido?

Deixo ao leitor a resposta.

Quanto a mim, veio-me na época a seguinte ideia: não seria o caso de escrever um livro por assim dizer *recíproco*, intitulado *Ética para meus pais*? É claro que eu não pensava em conselhos existenciais vindos dos jovens, atribuindo-lhes uma sabedoria que faltaria a seus pais. De onde ela viria? Mas negar tal sabedoria não implica negar-lhes a capacidade de pensar e de serem críticos dos comportamentos alheios, notadamente dos adultos. Logo, haveria, sim, sentido em escrever uma "ética para meus pais".

Animei-me com o projeto, mas logo esbarrei na forma de realizá-lo. O livro traria cartas de um filho para seus pais? Seria um diário de um jovem? Ou então por que não imaginar diálogos sobre o mundo realizados por um grupo de adolescentes? Pensei nessas alternativas, cheguei a escrever algumas páginas, mas não fiquei satisfeito e, ocupado com outros livros, deixei o projeto de lado, com uma ponta de arrependimento.

***

Até que, vários anos depois, comecei, por acaso, a reler as histórias do Pequeno Nicolau.

Para quem não sabe, o Pequeno Nicolau (Petit Nicolas, originalmente) é uma personagem infantil criada, em 1959, por Goscinny (que também é o criador, ao lado de Uderzo, de Asterix) e Sempé (que cuida das ilustrações). Trata-se de uma criança sem idade definida (das primeiras séries do ensino fundamental, infere-se) que conta, à sua maneira, histórias engraçadas que acontecem com ele, com seus amiguinhos de escola e com seus pais. O tema recorrente de quase todas as narrativas é o universo infantil e as estripulias que Nicolau e seus amigos fazem na escola, na rua, em casa.

Ao reler essas deliciosas histórias (e lendo novas, inéditas publicadas no início do presente século), de repente voltou-me à mente a ideia de escrever uma "ética para meus pais", mas agora de uma forma diferente das que havia cogitado anteriormente. Abandonei o projeto de dar a palavra a adolescentes e pensei comigo mesmo: por que não simplesmente criar uma personagem infantil que nos contaria, com a ingenuidade própria da idade, não apenas o que acontece com ela, mas também, e sobretudo, o que ela vê acontecer a seu redor? Afinal, as crianças são muito observadoras dos costumes e das atitudes das pessoas com as quais convivem – observadoras da ética de seu tempo, portanto.

Ora, tais observações não poderiam ser, por si sós, uma espécie de "lição" de ética?

Pensei em algumas situações, em algumas personagens, encetei as primeiras linhas, e assim nasceu o menino Tomás, pequeno "autor" de *Ética para meus pais*, projeto que finalmente tornou-se realidade.

Mas, afinal, o que nos conta Tomás?

Agora é com ele.

Fura-fila

Ontem a gente foi ao cinema. De carro.

Em qualquer lugar que a gente vai, a gente sempre vai de carro. Ainda bem, porque o papai adora seu 4.4 turbo alto e preto, que ele comprou no ano passado.

Como de costume, demorou um pouco para meu pai tirar seu 4.4 turbo alto e preto da garagem porque ela é muito estreita e ele já raspou uma vez o enorme retrovisor direito e xingou o arquiteto que é incapaz de prever o futuro. Antes, a gente tinha um Gol mil, que cabia direitinho e era fácil de entrar e sair. Tem um menino da minha classe, lá da escola, que o pai dele também tem um 4.4 turbo alto, mas prateado. Ele é ainda maior que o do papai e, quando as portas são trancadas, os retrovisores encostam nos vidros automaticamente, não é preciso empurrá-los com a mão. Parece orelha de cachorro. Ainda não falei disso para o papai porque acho que ele não vai gostar de saber que o pai de um amigo meu tem um carro maior e mais moderno, e também tem uma garagem bem maior, e que o truque do retrovisor que se fecha não serve para nada. Mas é legal de ver!

Mas, como eu estava falando, a gente foi ao cinema, de carro.

Júlia, que é a minha irmã, mas é legal, foi a última a entrar no carro: não escutou direito minha mãe chamar porque estava ouvindo seu Ipod. Como costuma acontecer quando passeia com a gente, fez cara de gozadora e entrou no carro ouvindo seu Ipod, segurando sua garrafinha de água e olhando para seu celular. Ela tem 16 anos e no seu último aniversário ganhou seu décimo sexto celular. Ela tem muito assunto e conhece um monte de gente.

Sentei atrás, ao lado de minha irmã, mas não muito perto, e mamãe sentou na frente, com uma garrafinha de água que ela colocou na porta, e disse para meu pai ter cuidado e ele nem respondeu, só grunhiu. Em seguida, como sempre, papai colocou sua garrafinha de água na porta, seus óculos escuros no nariz, seu cinto de segurança, olhou para um monte de coisas no painel do carro, esticou o pescoço, abriu um sorriso, daí ligou o motor e acendeu todos os faróis. Mesmo de dia ele acende todos os faróis. Acho que o 4.4 turbo alto e preto fez bem ao meu pai, porque no Gol mil ele guiava sem sorrir e com o pescoço menor. Agora não; mas somente a gente pode ver o jeito feliz dele, porque os vidros do carro são tão escuros que ninguém de fora enxerga a gente lá dentro. É uma questão de segurança, dizem papai e mamãe. Eu achava que era para combinar com os óculos do meu pai.

— O trânsito é uma guerra — disse ele, e o carro começou a avançar.

O primeiro inimigo que encontramos foi um Monza muito velho e muito baixo, cheio de homens, que andava bem devagar pelas ruas do condomínio onde a gente mora. É um lugar bem legal. Tem muitas casas, muitas lombadas e algumas árvores. O nome do condomínio é Colibri's Park. Minha mãe, que é professora – por vocação, ela sempre diz –, acha o nome bem poético, meu pai fala que é chique, minha irmã acha ridículo e meu Vô Chico diz que é do arco-da-velha (ou qualquer coisa assim). No Colibri's Park tem também muitos guardas que fazem ronda o tempo todo. É uma questão de segurança, dizem meu pai e minha mãe. Me disseram também que, no ano que vem, vai ter um cinema no condomínio e a gente nem vai precisar sair de lá para ver filmes.

Demoramos para sair do condomínio porque o carro velho cheio de homens quase que parava a cada lombada e papai reclamou dizendo que não adiantava ter um carro se era para guiar tão devagar, que eles deveriam nos dar passagem e chamou o Monza velho e baixo de "peça de museu". A paciência de meu pai acabou acabando, daí o 4.4 turbo alto e preto buzinou, rugiu e ultrapassou a peça de museu, mas não adiantou muito porque a gente já estava chegando à portaria onde ficam outros guardas, escondidos atrás de vidros escuros e que gostam de perguntar os nomes das pessoas estranhas e falar ao microfone. Eles abrem e fecham pesados portões que se movem lentamente. Reparei que eles gostam mais de fechar os portões do que de abrir. Também é questão de segurança, eu acho.

Finalmente chegamos à estrada que leva à cidade e minha mãe ficou nervosa. Ficou mais nervosa ainda quando meu pai disse que havia muito, muito trânsito, e que se ele não desse um jeito chegaríamos atrasados no cinema.

O primeiro jeito que ele deu foi, num piscar de olhos, passar da pista da direita para a pista do meio – olé – e da pista do meio para a pista da esquerda – olé –, deixando um monte de inimigos para trás. *Mó* legal, mas não adiantou porque a fila da esquerda andava menos que a fila da direita. Papai falou um palavrão e minha mãe disse "calma". Ele não quis saber de calma e – olé – conseguiu voltar rapidamente à pista da direita usando o pisca-pisca e o potente acelerador, mas teve que usar o potente freio porque um enorme caminhão entrou na nossa frente e ficamos atrás de todos os carros que a gente tinha ultrapassado antes. Muito azar. "Folgado", disse meu pai. Mas não teve jeito, ficamos bastante tempo atrás do caminhão porque ninguém teve a gentileza de nos dar passagem. E deu até para ler direitinho o que estava escrito no para-choque do caminhão: "Se está com pressa, passa por cima". Mas não dava e, então, papai teve uma ideia: ultrapassou o folgado pelo acostamento.

– E se tiver guarda? – perguntou minha mãe.

– Nessa hora não tem – respondeu papai.

Ele tinha razão, não tinha guarda, mas tinha outro caminhão na frente do primeiro caminhão e usamos novamente o acostamento sem guarda para passar o segundo caminhão e também dois ônibus, uma carreta, uma van e, aproveitando o embalo, mais seis carros – olé –, e daí tocou o celular de meu pai e ele voltou para a estrada e atendeu:

– Alô? Fala, Marquinhos.

Papai tem razão, é mais seguro falar no celular na estrada do que no acostamento, porque meu Vô Chico diz que é proibido falar no celular guiando, e no acostamento às vezes tem guardas e eles poderiam multar o papai.

Papai ficou falando com Marquinhos, que é sócio dele na empresa e que toda hora liga para falar de várias coisas que não entendo direito. Depois de um tempo, Júlia, minha irmã, chamou o papai:

— Pai, assim a gente vai chegar atrasado.

A gente sempre acha que ela está dormindo, pois fica de olhos fechados e de ouvidos tampados pelos fones, mas não, ela está atenta e ela tem razão de falar em atraso porque meu pai guia bem mais devagar quando fala no celular, até mesmo com seu 4.4 turbo alto e preto, e já tinha gente buzinando atrás. Os seis carros, aqueles do truque do acostamento, passaram por nós, e até a carreta passou.

— Ok, disse meu pai, pode dar um desconto ao cliente, esse é dos bons. Faça um desconto agressivo. *See you later*. Tchau.

Ele olhou para o relógio, disse que a empresa dele não lhe dá sossego, esticou o pescoço, acelerou, e minha mãe suspirou. Mas como não tinha mais acostamento livre, ele teve de reconquistar a pista da esquerda.

Papai ultrapassou muitos carros — olé —, mas teve de diminuir a velocidade quando, na frente da gente, entrou um Fiat Uno, como o da mamãe, guiado por uma loira que ia muito devagar. Papai então colou na traseira do Fiat Uno e ficou piscando os faróis, mas a loira continuou tranquila na nossa frente. Papai tentou ir para a pista do meio, mas tinha tanta moto passando e buzinando que ele não conseguiu e teve que permanecer colado na traseira do carro da loira e farolando. "Ô loira burra", ele falou, e minha mãe disse que não se devia xingar as pessoas, sobretudo na frente das crianças. As crianças somos eu e minha irmã Júlia, mas a gente nem ligou para o que meu pai falou porque minha irmã é morena e eu não sou mulher.

Papai tentou mais uma vez ultrapassar a loira pela direita ("é proibido", disse a mamãe), mas não deu porque passou um motoqueiro que olhou para a gente e levantou um dedo para o céu e meu pai ficou mais um tempo colado na traseira da loira. Mas ele não desistiu e – olé – acabou indo para a pista do meio, daí para a pista da direita e daí para o acostamento, e então para a pista da direita novamente e muitos olés mais. Não vou contar todo o trajeto porque imagino que vocês já entenderam o jeito de meu pai guiar seu 4.4 turbo alto e preto.

Quando a gente chegou ao semáforo que tem no fim da estrada, papai sorria feliz de ter vencido a guerra e feito a gente ganhar tempo. Ele pegou sua garrafinha de água, mas deixou de sorrir quando viu o carro que parou ao lado do nosso, à esquerda. Vocês não vão acreditar: era o Fiat Uno da loira, que fumava tranquilamente um cigarro.

– É uma bruxa, fez magia – disse papai.

Eu também acho, porque como é possível ela chegar junto da gente andando devagar e sem mudar de pista?

– É a estatística, é a probabilidade – disse minha irmã Júlia, que presta atenção em tudo e que bebeu um gole de água.

Acho que deve ser um novo tipo de magia.

Finalmente, chegamos ao *shopping* onde tem o cinema. Rodamos bastante antes de estacionar e acabamos achando uma pequena vaga, mas como meu pai estacionou o carro muito à direita, tivemos todos que descer pelo lado esquerdo.

— Cuidado com o banco de couro — disse papai à mamãe e a gente foi andando até o cinema.

Felizmente, a gente não estava atrasado demais, mas já havia uma longa fila para comprar as entradas, e ficamos lá, de pé, esperando.

De repente, vimos um senhor, assim da idade do papai e da mamãe, passar na frente de todos na fila. Era um fura-fila, e o papai falou bem alto:

— Mas que falta de ética!

Meu aniversário

Hoje de tarde aconteceu minha festa de aniversário. Mas tudo começou muito antes, como eu vou contar.

＊＊＊

— Tomás, devemos começar a pensar na sua festinha de aniversário — disse a mamãe.

— Mas faltam dois meses — eu respondi.

— Nós sabemos — falou o papai —, mas precisamos prever o futuro e tomar disposições adequadas para que saia tudo como desejado. Então, Tomás, diga para a gente o que você quer para seu aniversário.

Como eu ainda não tinha pensado no assunto, demorei um pouco para responder e daí comecei a falar que queria convidar o Marcos, um cara legal da escola, o Felipe, outro cara legal da escola, e o Renato, também da escola e muito legal.

— Somente três pessoas? — perguntou meu pai.

— Sim, porque o Miguel, que também é meu amigo, muito legal, foi viajar e só volta depois, no ano que vem.

— Mas três pessoas é muito pouco — falou a mamãe —, a festa vai ficar triste, sem graça, sei lá.

— Ah não, vai ser uma festa diferente, tipo algo novo, que ninguém nunca viu — respondi.

— Mas os amiguinhos que você não convidar vão pensar que você não gosta deles — acrescentou a mamãe.

— Do Lucas e do Téo, não gosto mesmo.

— Mas e os outros? Sabendo que não foram convidados, vão ficar tristes.

— Não, eles vão num monte de festas, como eu. Não vai fazer falta.

— Não é ficar triste de perder uma festa — insistiu minha mãe —, mas vão ficar tristinhos de achar que foram passados para trás, que ninguém gosta deles. Convida a classe toda, vai.

— E eles também vão pensar que a gente é pão-duro, ou, pior ainda, que a gente tem pouco dinheiro — falou o papai.

— ....

— E também pense em todos os presentes que você vai ganhar — disse ainda meu pai.

O argumento dos presentes, esse eu achei melhor. Pensei um pouco e concordei:

— *Tá* certo, convida todo mundo, como sempre, até os chatos do Lucas e do Téo, mas Marcos, Felipe e Renato podem chegar mais cedo que os outros?

— Chegar mais cedo onde? — perguntou o papai.

— Em casa — respondi.

— Você quer fazer sua festa aqui em casa?

— Seria bem legal, diferente.

— Mas não vai caber todo mundo! E dá muito trabalho. Não, Tomás, nós queremos o melhor para você, queremos uma superfesta, num lugar bem bacana, cheio de coisas, cheio de atividades.

— Uma festa de arromba, como diz o Vô Chico — acrescentou a mamãe sorrindo.

Gostei da ideia da "arromba", uma novidade para mim, e perguntei onde seria a festa então. Falaram que havia muitos lugares especiais para festas de aniversário, que era preciso reservar.

— De novo um desses lugares cheio de bexigas?

— Mas agora tem casas novas, cheias de coisas diferentes — disse meu pai. O ramo evoluiu, recebemos prospectos e estudamos o assunto.

— Que ramo? Que coisas novas? — perguntei.

— Por exemplo, palhaços — respondeu minha mãe.

— Ah não, eu não gosto de palhaços. Eles batem uns nos outros, e me dão um medão.

— Tem um monte de coisas, como *videogames*, piscina de bolinhas, pebolim... Tem, hã, tem comida, bolo, vela, tem bebida, tem bexigas, enfim, um monte de coisas.

Achei o monte um pouco pequeno e igual aos outros montes dos aniversários passados, mas tudo bem, meus pais já têm tantos anos de vida que eles devem saber das coisas de aniversário. E minha mãe, que é professora (por vocação, como ela fala) e suporta crianças o tempo todo (como ela também fala), deve saber do que as crianças gostam. Ainda perguntei:

— Então, o Marcos, o Felipe e o Renato podem chegar mais cedo que os outros na festa de assombra?

— Festa de arromba, não de assombra, Tomás — falou a mamãe.

— Podem?

— Não, porque tem hora para todos chegarem e de todos irem embora, depois do bolo. Em seguida, pode ter festa de outra criança. E antes também, então tem que chegar bem na hora. Não dá para privilegiar ninguém.

— *Tá* bom, *tá* bom — eu disse, me sentindo meio cansado.

— Que negociação dura, hein! — falou o papai para a mamãe. Gostei do Tomás, ele tem argumentos e impõe seu ponto de vista. Poderá ser um grande empresário.

Assim aconteceram os preparativos de meu aniversário, dois meses atrás. Meus pais logo ligaram para a "arromba", reservaram e falaram que a gente quase tinha perdido o prazo, mas que ainda tinha vaga das 15 horas às 19 horas e que era preciso prever o futuro. E eu fui dormir.

***

Então, hoje de tarde, das 15 horas às 19 horas, aconteceu minha festa de aniversário.

Depois do almoço, chegou meu Vô Chico, pai de minha mãe, aquele que inventou a festa de arromba. Ele fala muitas coisas de jeito diferente. Eu gosto muito dele e acho engraçado quando ele chama o papai de "comerciante *yuppie*", mas o papai não gosta muito e diz que não é comerciante, que é empresário. Quanto a *yuppie*, parece que ele não liga. Mas um dia falo mais do Vô Chico, hoje não porque o importante é minha festa.

O Vô Chico entrou em casa, me deu um beijo e um presente de aniversário: uma caixa de DVDs chamada Rin-Tin-Tin que ele disse que eu ia gostar muito porque tem um cachorro inteligente e herói, um menininho esperto que também é herói, e soldados simpáticos e não violentos, todos heróis e que atiram em bandidos e índios.

Depois ele sentou, acendeu um cigarro e perguntou se não tinha cinzeiro nessa casa e minha mãe achou um escondido no armário.

— Onde vai ser a festa? — perguntou o Vô Chico.

— Lá na cidade — respondeu meu pai —, na Avenida Amaral.

— Mas é longe pra chuchu — falou meu Vô.

— Papai tem razão — disse a mamãe ao papai, o meu. Vamos embora logo.

— Vamos, mas não se preocupem, chegaremos na hora, eu garanto — respondeu ele.

— Vamos de Paris-Dakar? — perguntou o Vô Chico, que deu esse apelido ao 4.4 turbo alto e preto do meu pai.

— Vamos, e dou carona até para os invejosos.

Demorou um pouco para tirar o Paris-Dakar da garagem, que é um pouco estreita, mas deu certo, sem raspar o retrovisor. Minha mãe pegou uma garrafinha de água para ela, uma para o meu pai e uma para o Vô Chico, para mim não porque prefiro Coca-Cola, e entramos no carro. Meu pai colocou seus óculos escuros, ligou o motor, esticou o pescoço, acendeu todos os faróis, e fomos em direção à portaria do Colibri's Park, o condomínio onde a gente mora, um lugar bem legal, mas o chato são as lombadas. Chatas de carro, porque de bicicleta é gostoso passar por cima delas. Chegamos à estrada e minha mãe falou "cuidado" e meu pai nem ouviu e acelerou.

Quando a gente chegou na Avenida Amaral, meu pai falou:

— Deve ser aí, nesse lugar com bexigas na entrada.

— Mas logo adiante tem outra casa com bexigas — disse a mamãe.

— E do outro lado da rua, tem mais duas com bexigas — reparou o Vô Chico. Essa avenida parece um festódromo.

É verdade, tinha tanta casa com bexigas na avenida que foi preciso olhar o número delas, entre as bexigas.

— É aqui! Estava escrito no prospecto que tem estacionamento, vamos perguntar onde ele fica.

O estacionamento ainda não estava pronto, e meu pai teve de estacionar o carro bem longe e não gostou porque, vai saber, podem roubar o Paris-Dakar e levá-lo para mais longe ainda.

Entramos na festa de arromba, mas ela ainda não tinha começado porque eu ainda não tinha chegado.

Umas moças estavam na entrada e perguntaram se era eu o Tomás e meus pais disseram que sim e elas falaram "que gato!", "que fofo" e eu fiquei vermelho porque não gosto de intimidades, e fui ver a casa da festa. Havia bexigas, muitas bexigas em todo lugar, havia uma piscina de bolinhas, dois pebolins, alguns *videogames* e uma mesa com brigadeiros e outros doces e também refrigerantes.

  O primeiro convidado que chegou foi o chato do Téo. Ele me falou "oi, baixinho" e logo foi jogar *videogame*. O próximo foi meu melhor amigo, o Felipe, que também disse "oi", sem o "baixinho", perguntou se tinha piscina de bolinhas e foi para lá. Daí chegou o Marcos, também meu melhor amigo, que disse "oi" e perguntou se já podia comer brigadeiro e foi ver se já podia mesmo. Logo chegaram a Fátima e a Sofia, duas meninas da classe, que me disseram "oi, feliz aniversário" e continuaram conversando as duas. O próximo que chegou foi o Samuel, que entrou este ano na escola e que me disse "oi, lugar *mó* legal, deixei seu presente com as moças", e correu para o fundo da sala. Então, saí do meu lugar e também fui brincar.

  Fui até um *videogame*, um de luta que parece que sai sangue, e joguei um pouco, mas como eu não estava com muita vontade, logo parei e o Marcelo tomou o meu lugar depois de me dizer "oi". Fui para a piscina de bolinhas e lá já estavam meus primos, que eu não tinha visto chegar e que me falaram "oi" e a gente pulou sem sapatos. Mas como eu acho que sou bastante grande agora que faço aniversário, pulei pouco e procurei outra diversão mais séria. Fui até os pebolins, mas não pude jogar porque já tinha fila com outros amigos que falaram "oi" e continuaram a jogar. Voltei ao *videogame*, e também tinha fila, então fui até a mesa cheia de doces e comecei a comer. Perto de mim, reparei um menino que eu não tinha convidado porque eu não conhecia. Ele me explicou que os pais dele tinham se enganado de lugar e tinham deixado ele na festa errada.

— Mas, tudo bem — disse ele —, aqui também está legal. E foi brincar.

***

A gente estava assim se divertindo muito quando, de repente, ouvimos risadas bem altas e vozes que chamavam todas as pessoas até um lugar do salão. Vocês nunca vão imaginar o que era: palhaços!

Fui me esconder rapidamente, mas um deles falou bem alto:

— Quem é o Tomás? Cadê o Tomás?

Daí, amigos meus, que eu nem sabia que já estavam na festa, me entregaram, dizendo "ele está aqui!", e não teve jeito, tive que aparecer na frente de todos e sentar no colo de um dos palhaços como se ele fosse Papai Noel. Uma palhaçada.

Logo depois, me libertaram e fiquei sentado no chão ao lado de Renato, que, acho, tinha acabado de chegar. "Oi", disse ele. "Oi", disse eu.

Os palhaços, eram dois, faziam coisa de palhaço, todo mundo ria, mas eu não porque estava com medo. Até que, finalmente, o *show* acabou, todo mundo aplaudiu e, enquanto a gente aplaudia, ouvimos como bombas estourando.

Eram as moças que cuidavam da minha festa que estavam destruindo a decoração, estourando as bexigas, com alfinetes. Um barulhão, que durou bastante porque tinha muitas bexigas de todas as cores.

— É hora do bolo — escutei minha mãe falar, chegando com meu pai e o Vô Chico.

Não sei onde eles ficaram esse tempo todo. Chegou também minha irmã Júlia e ela me deu um presente, o primeiro presente da festa que eu vi e abri: um carrinho azul, *mó* legal. Dei um beijo nela e pedi para que ficasse ao meu lado na hora do bolo, que me deixa com vergonha. Ela ficou.

Cantaram o "parabéns" e depois o "com quem será que ele vai casar" e eu me enfiei debaixo da mesa. Mas tive que sair de lá para assoprar de novo as velinhas que apagavam, mas teimavam em acender de novo. Um mico.

E acabou a festa de arromba.

***

— Saiu tudo direitinho, que bom — disse minha mãe.

— Então, foi a festança que você queria, não é, Tomás? — falou meu pai. — E olha quantos presentes você ganhou! Uma fortuna.

Eu não tinha visto presente algum, fora o da minha irmã Júlia.

— Eles têm um uísque daqui, ó! — disse o Vô Chico segurando a orelha.

E fomos embora.

No caminho de volta, não sei por que, eu estava meio triste. Meus pais nem perceberam e eu não falei nada para não chateá-los. Mas, no ano que vem, vou pedir que a festa seja lá em casa, com o Marcos, o Felipe, o Renato e o Miguel, que vai estar de volta.

E eles me darão presentes bem legais que vou abrir imediatamente e a gente vai brincar de monte.

O boné

— Giovane, precisamos conversar — disse minha mãe.

Giovane é o nome de meu pai, mas, na verdade, não é o nome dele porque ele se chama Valceniro, Valceniro Ladaca, como está escrito no documento dele. Ele prefere ser chamado de Giovane porque, diz ele, os colegas o chamavam assim na escola por ele ser parecido com um jogador de vôlei bem conhecido que tem esse nome. Minha irmã Júlia diz que, de rosto, até que o papai se parece um pouco com o Giovane, mas que de resto não, porque a altura lembra mais a do Romário, o jogador de futebol. Pensei que, já que ele não gosta de Valceniro (não sei por que...), podia se chamar Romário. Mas ele diz que nem pensar, então ficou Giovane, sem o Ladaca porque com o Ladaca não vale, disse a mamãe.

— Conversar sobre o que, Norma? — perguntou o papai. Norma é o nome de minha mãe, e, como ela gosta, ficou Norma mesmo, Norma Caxias Ladaca.

— Seu filho tomou uma advertência hoje na escola, e foi por sua culpa.

— Minha culpa!? — falou o papai se levantando. Minha culpa, mas o que foi que eu fiz?

— Fez com que o Tomás fosse à escola de boné.

— Essa é boa...

Vou contar o que aconteceu.

***

Aconteceu assim: anteontem à noite, meu pai voltou de viagem — que ele chama viagem de negócios, com avião, hotel com estrelas e tudo — e, como ele sempre faz quando volta tarde, foi me acordar para me dizer "durma bem" e me dar um presente. Às vezes ele me dá carrinhos, bichinhos de plástico, figurinhas, camisetas, badulaques como diz o Vô Chico, e desta vez me deu um boné superlegal, diferente dos que já tenho porque tem abas bem pequenas do lado. E ele me disse:

— Agora durma. Você usa o boné amanhã.

Dormi e quando acordei, ontem, levantei, tomei café da manhã, me vesti e coloquei o boné na mochila, não na cabeça, porque na escola não se pode usar boné na cabeça. Minha mãe diz que é terminantemente proibido andar de boné na escola. Ela não sabia bem o motivo, mas falou que é uma regra e que regras são sempre boas e devem ser obedecidas. Então, coloquei o boné na mochila para mostrar aos amigos.

A gente foi para a escola, eu, minha mãe e minha irmã Júlia. Todo dia, nós três vamos juntos à escola porque minha mãe é professora lá — por vocação, como ela diz — e porque eu e Júlia somos alunos, mas não da mesma sala, porque a Júlia fica com os maiores e estuda coisas muito mais complicadas que a gente. Parece que no ano que vem vai ter uma escola no Colibri's Park, o condomínio em que a gente mora. Mas como por enquanto não tem, a gente vai até a cidade com o carro de minha mãe, um Fiat Uno. Ele é bem menor que o 4.4 turbo alto e preto do meu pai, que meu Vô Chico chama de Paris-Dakar (o 4.4, não meu pai). Então, minha irmã Júlia resolveu chamar o Fiat da mamãe de Campinas-Jundiaí.

Saímos bem cedo porque tem um trânsito horrível na estrada e minha mãe só anda na pista do meio.

É uma escola bem grande, cheia de alunos e de professores, com salas de aula, quadras e até uma pequena piscina que a gente quase nunca usa porque a água é muito fria. No verão ela fica quente, mas não adianta porque a gente está de férias. Não é muito fácil entrar na escola porque, como no Colibri's Park, ela tem portões altos e pesados e um monte de guardas vestidos de preto que nunca falam com a gente e a gente nunca fala com eles. Nem sabemos como eles se chamam. Não é preciso saber, porque eles ficam pouco tempo na escola e logo são substituídos por outros. É uma questão de segurança, dizem meus pais. Pela mesma razão, me explicaram, tem, bem na entrada, uma câmera de vídeo e a gente, quando passa por ela, faz caretas. Tem outras câmeras espalhadas pela escola toda, mas para elas a gente não faz caretas porque é proibido e eles logo descobrem quem foi que fez as caretas. Depois de entrar na escola, a gente fica no pátio à espera do sinal. É um pátio bem legal, com uma grande vitrine cheia de troféus como se fosse um clube, uma grande lanchonete como aquelas do *shopping* e uma grande loja de material escolar e roupas, parecida também com algumas do *shopping*.

Logo encontrei com meus amigos e lhes mostrei meu novo boné.

— Põe na cabeça — pediu o Marcos, meu melhor amigo.

Mas eu respondi que não podia porque era proibido usar boné na cabeça na escola.

— Põe só um pouquinho, insistiu o Felipe, também meu melhor amigo. — Não tem ninguém olhando.

— É isso — falou o Renato, meu terceiro melhor amigo, que tinha acabado de chegar. — Só dá para ver se o boné é legal se estiver na cabeça.

Então falei *"tá* bom" e pus o boné. Todo mundo gostou do boné, e até outras pessoas vieram comentar que era legal, bem diferente, com as abinhas.

O sinal tocou e subimos até a sala de aula. Quando entramos, a Aninha, nossa professora, falou como se tivesse tomado um susto:

— Tomás! Usando boné! E você sabe muito bem que é proibido. Vá imediatamente até a sala da coordenação.

Eu tinha me esquecido de tirar o boné da cabeça!

Então comecei a chorar, explicando que tinha sido sem querer, que era meu pai que tinha dado para mim e que eu nunca mais colocaria o boné na cabeça, mas a Aninha não pareceu comovida e falou para eu sair. Foi quando o Felipe falou para a professora:

— Tia, o Tomás não está de boné.

— Como não? — perguntou a Aninha.

— Boné não tem abas. Eu sei, porque meu avô é chapeleiro e me explicou. O chapéu do Tomás tem abas, pequenas, mas tem.

— E o que é então, Senhor Felipe? — perguntou a professora com jeito de contrariada.

— Não sei, mas que não é boné, não é.

— Que diferença faz? Vocês sabem que não podem usar boné ou coisa parecida na escola. Está no regulamento que não faz parte do uniforme.

— Mas a gente usa gorro no inverno — lembrou o Allan.

— Professora, qual a diferença entre boné e gorro? — perguntou bem alto o Renato.

— Aninha, e tipo touca, pode usar? — perguntou a Fernanda, mais alto ainda.

— É tudo chapéu, não pode — gritou a Fátima.

— Você, fica quieta, que às vezes você usa lenço na cabeça, é que nem chapéu — respondeu o Marcos.

— Quepe pode ou não pode? — perguntou o Leonardo.

— Gorra é a mesma coisa que gorro? — perguntou a Fabiana.

— Eu às vezes uso *kipá* e ninguém fala nada — lembrou o Samuel, que levantou para todo mundo ouvir.

Daí os outros também levantaram para falar mais alto e virou a maior bagunça até que a professora berrou:

— Quietos, para os seus lugares, não quero mais ouvir falar de chapéus e coisas que o valham. Tomás, viu a bagunça que você arrumou? Vá para a coordenação já, e vocês verão se tenho ou não razão de chamar isso de boné.

Saí da classe e fui até a sala das coordenadoras. Bem devagar. Quando entrei, a Carminha, uma coordenadora, imediatamente me deu bronca:

— Tomás, que insolência, entrando aqui na sala de boné!

Eu de novo tinha me esquecido de tirar o boné. Também, com tanta confusão!

— Olha, é o Tomás, o filho da Norminha — falou a Neidinha, a outra coordenadora. — Quem te deu esse boné?

— Foi o papai.

— E a Aninha mandou você aqui por causa do boné?

— É, tia.

— Vai retirar o boné, sim ou não? — gritou a Carminha, e finalmente eu tirei. E disse baixinho:

— Não é boné, tem abas, como a gente discutiu na classe.

— Vocês discutiram isso na classe? — perguntou a Neidinha. Que perda de tempo.

— Dá para pensar que é transversalidade — lembrou a Carminha. Mas *deixa* eu ver esse boné. É, de fato, tem abinhas. O que acha, Neidinha?

— Eu acho que é boné, já que não vejo que outro nome dar.

— Vamos olhar no dicionário para verificar.

Neidinha pegou um grande dicionário e leu: "boné: cobertura de cabeça sem abas".

— Viu? — eu falei, aliviado.

— Calma, Tomás, a definição continua, escute só: "cobertura de cabeça sem abas, mas com uma pala sobre os olhos". Pala sobre os olhos, viu, seu boné é boné mesmo. A pala é mais importante do que as abas para a definição. Pronto.

— Não sei não, Neidinha — disse a Carminha —; as abas têm a sua importância, acho. Olha o Carlinhos passando por aqui, vamos pedir a opinião dele.

Carlinhos é o professor de Educação Física, a aula que a gente mais gosta porque a gente não tem que ficar sentado; pode correr, pular, jogar bola e se divertir. E é legal ter aula com homem.

Carminha pegou o meu boné e perguntou ao Carlinhos se aquilo era boné. Ela não falou das abas, acho que era para ver se ele reparava nelas, e, ainda bem, ele logo viu.

— Não sei não, tem abinha do lado, então pode ser que não seja boné. Mas que nome dar, não sei.

— Voltamos à estaca zero — disse Neidinha. — Que complicação essa coisa de boné.

Continuaram discutindo sem chegar a uma solução. Acho até que esqueceram que eu estava na sala. Mas daí chegou a Irmã Dulce.

Há duas freiras na escola que ficam andando o tempo todo e aparecem aqui e ali misteriosamente. Não sei bem qual a função delas, mas a gente sabe que elas mandam em todo mundo. Quando uma delas chega, todos se calam, até os adultos.

Elas são bem diferentes. A Irmã Dulce é pequena, magrinha, tem sempre um sorriso no rosto e ao mesmo tempo um olhar azul fixo e bem bravo. Meu Vô Chico diz que ela tem uma expressão agridoce. Mas ela não é chinesa. E tem a Irmã Dulcinéia, baixinha também, mas gordinha, e que ri o tempo todo. A gente prefere a Irmã Dulcinéia, que é mais legal e nunca dá bronca. Ela diz "vai com Deus" e a Irmã Dulce diz "vai de castigo". Para meu azar, foi a Irmã Dulce que entrou na sala da coordenação, com seus passinhos, e quando lhe perguntaram se meu boné era boné ou não, ela decidiu sem pestanejar (ela nunca pestaneja, só sorri e ao mesmo tempo olha fixo e bem bravo, como falei):

— É boné, porque está escrito acima da pala: *I love Porto Velho*. Só boné tem coisa escrita. E foi embora com seus pequenos passos, e eu levei advertência.

* * *

Por isso, ontem à noite minha mãe chamou meu pai e falou que precisavam conversar, porque eu tomei a advertência e que a culpa era dele.

— Essa é boa — falou o papai.

— Na escola disseram que você incentivou seu filho a usar o boné, e eu estou morta de vergonha.

— Falaram isso na escola? Mas que falta de ética! Não incentivei ninguém, apenas trouxe uma lembrança para ele.

Minha mãe foi respondendo, mas não ouvi o fim da conversa porque a minha irmã Júlia me puxou pelo braço e me contou o que ela ia fazer no dia seguinte na escola. Incrível: ela disse que ia colocar na cabeça o seu capacete de hipismo, que ela esconderia da mamãe na mochila, e que ela queria ver o que poderiam fazer com ela, porque no regulamento, que ela já leu, não se fala nada de capacetes de hipismo. Minha irmã é supercorajosa e legal.

***

Hoje à noite, minha mãe chamou meu pai:

— Valceniro, precisamos conversar.

Quando a mamãe chama o papai de Valceniro é que ela está muito brava.

— Você não sabe o que a Júlia aprontou hoje. Ela colocou o capacete de hipismo dela em plena aula. Uma vergonha para todos nós. Tomás e Júlia me deixam louca. E virei objeto de gozação de toda a escola. Ah, se não fosse vocação...

— Tudo bem, tudo bem — falou o papai. — E ela também levou uma advertência ou coisa pior, imagino?

— Não — respondeu a mamãe. — O regimento da escola não tinha previsto esse caso, e olhe que ele é muito extenso e detalhado.

— E então?

— E então, na quarta que vem, vai haver uma reunião de urgência, convocada pela Ruth, a diretora da escola, para discutir com mais profundidade o uso do que chamamos, por enquanto, de "coberturas de cabeça".

Legal! Quando acontece esse tipo de reunião, não tem aula e a gente nem precisa ir à escola. E vou poder usar o meu boné *I Love Porto Velho* sem problemas. Viva a minha irmã! Ela é genial.

O castigo

Aconteceu na semana passada: fiquei de castigo. Pelo menos, acho que fiquei.

Tudo começou com um novo palavrão que falei bem alto enquanto eu estava mexendo com o martelo do meu pai, o mesmo palavrão que ouvi ele falar mexendo com o mesmo martelo, mas que eu nunca tinha dito antes. Infelizmente, meu pai, minha mãe e o Vô Chico estavam pertinho de mim e ouviram. Vô Chico olhou para mim espantado e furioso e daí olhou para meus pais, que olhavam um para o outro, e ele ficou mais espantado e furioso ainda e perguntou:

— Vocês não vão fazer nada?

Papai e mamãe continuaram a se olhar meio sem graça, depois olharam para os lados, para baixo, para cima, então meu avô colocou o cigarro no cinzeiro que só sai do armário quando ele vem e falou:

— É preciso dar limites. Não podem deixar que uma criança fale palavrão ou faça arte sem tomar uma atitude. Vocês vão ver como se faz. Tomás, vá já para seu quarto. Você está de castigo por ter falado o que falou.

Olhei para meus pais, que continuavam a olhar não sei o que, e resolvi seguir o conselho do meu avô e subi para meu quarto.

Meu quarto é bem legal e tem quase tanta coisa quanto no quarto da minha irmã. Um dia, eu mostro meu quarto para vocês, mas já vou explicando que tem televisão, que pega um monte de canais, tem *videogame* e tem vídeo de passar DVD, tem uma estante cheia de bichinhos de pelúcia e de brinquedos, tem um grande armário com roupas e mais brinquedos, tem uma escrivaninha com livros e lápis para eu estudar, tem uma cama, é claro, e também tem banheiro só para mim.

Subi rapidinho, entrei no quarto e fechei a porta. Logo liguei a televisão. Ela não é muito grande, mas acho que no meu próximo aniversário vou ganhar uma de plasma, como aquela do Renato, meu melhor amigo. Mas como não tinha nada de bom para ver, resolvi brincar de *videogame*, um jogo *mó* legal com o qual a gente constrói carros e depois faz corrida com eles.

Fiquei brincando e, depois de um tempo, alguém bateu na porta do quarto e entrou. Era o Vô Chico, que disse:

— Tomás, acabou o castigo, você já pode descer. Mas...

Eu até já tinha esquecido que estava de castigo e disse que preferia ficar aqui mesmo um pouquinho mais.

Daí foi engraçado porque o Vô Chico olhou para o meu quarto com jeito estranho, olhou para a televisão, para o *videogame*, para as estantes, olhou para tudo e disse:

— Eu nem lembrava que tinha tanta coisa no seu quarto. Parece suíte presidencial. Parece uma ilha dos prazeres. Parece...

E ele foi ficando bravo de novo e falou que então o castigo não havia valido e que eu deveria descer com ele para resolver a situação. Eu não achei justo porque ele que tinha resolvido me mandar para o quarto e agora queria me castigar mais uma vez. Duas vezes, não vale. Mas não teve jeito, porque quando ele fica bravo é coisa séria. Desci com ele.

— Senta aí — ele disse. Daí falou para meus pais que o quarto "desse menino" não era um quarto, mas praticamente um apartamento completo, e que ficar nele não era castigo, mas sim recompensa, e ainda perguntou "o que vamos fazer agora?".

— Papai — disse mamãe, que é filha do Vô Chico —, acho que o Tomás já entendeu a lição. *Deixa* pra lá.

— Ah não, ficou barato demais. E eu acabei fazendo papel de palhaço mandando ele para o quarto. Não pode ficar assim! Limites são limites, ora bolas. Aliás, *deixa* eu perguntar: o que vocês fazem na hora de castigar seus filhos?

Papai e mamãe se olharam mais uma vez. Eu não entendia por que estavam se olhando tanto naquele dia, parecia a festa de aniversário do casamento deles, mas isso foi no mês passado. Daí minha mãe respondeu finalmente:

— A gente dá bronca.

— Só falam?

— Mas a gente fala firme, fala agressivo, que é para agregar pressão — falou o papai.

— Às vezes a gente manda eles sentarem e pensarem no que fizeram, não é, Giovane?

Meu pai não chama Giovane, mas sim Valceniro, mas prefere que o chamem de Giovane, que ele acha um nome mais legal, não sei por quê.

— Bem lembrado, meu bem, a gente também faz isso. Como dizem lá na escola, é pedagógico.

Vô Chico virou para mim e perguntou no que eu pensava nessas horas, e respondi que pensava no que eu não faria mais para não ter que pensar no que eu fiz.

— Viu — falou a mamãe —, funciona. Traz consciência.

Mas acho que Vô Chico nem escutou e continuou perguntando:

— Tomás, quanto tempo você fica pensando no que fez?

— Ah, rapidinho — respondi — porque não é muito difícil, diferente dos problemas que dão lá na escola. Daí fico pensando em outras coisas, do que vou brincar e coisas assim.

— Viram — falou meu Vô — que grande tomada de consciência! É tudo faz de conta e vocês ficam cozinhando o galo em vez de educar. Acreditem, educar filho é complicado, mais complicado do que ensinar aluno. O buraco é mais embaixo.

— Mas você e a mamãe também faziam isso com a gente — disse minha mãe.

A mamãe da mamãe se chama Vó Mercedes, mas ela não vive mais com meu Vô, que casou de novo algumas vezes.

— Ah, sim, mas era contra a minha vontade. A Mercedes era muito mole. Por mim, teria sido diferente. Mas, de qualquer forma, Norma — é o nome de minha mãe, nome dela de verdade —, você era tão dócil, estudiosa e obediente que nem era preciso castigá-la, eu até ficava preocupado, mas com sua irmã Dora era diferente. Ela era um capeta, pintava o sete, como eu quando criança.

— O senhor pintava o quê? — perguntei.

— O sete. Pintava o sete. Oh, se pintava! — respondeu o Vô Chico, que ficou contente de repente. Fazia arte atrás de arte, eu era rebelde, e me colocavam de castigo, mas não adiantava. Até apanhava, mas comigo não! Obediência, necas. Fazia tudo de novo.

— Fazia de novo? Então, viu, castigo não adianta, você mesmo acabou de confessar — falou meu pai.

— Sim... Mas não podemos generalizar. E era outra época. E que época! Não como agora, essa bagunça. Bom, de qualquer forma, castigo faz parte do jogo. É isso, castigo faz parte do jogo.

Nessa hora, entrou a Mariflores, nossa empregada, trazendo café, suco, refrigerantes e doces, e ela disse:

— Desculpe me intrometer, mas ouvi que vocês estavam falando de castigo. Acreditem, nada melhor do que uns bons cascudos. É tiro e queda.

— Bater no meu neto! — falou o Vô Chico, novamente furioso. Você falou em bater no Tomás?

— Que falta de ética! — falou papai.

— Ah, o castigo era para o Tomás! Desculpe, não sabia. Mas é claro que não é para dar cascudos no Tomás, eu hein, ele é tão educado, tão bonzinho. Ele nem precisa de castigo, coitadinho. Eu estava pensando nos outros moleques, esses que dizem que obedecer aos adultos é bobagem, que se dizem rebeldes, que têm orgulho disso e que sempre recomeçam as travessuras. Para eles, cascudo é a solução.

— Então, Vô Chico deveria ter recebido cascudos, não é, Vô? — perguntei.

— Como pode falar assim do Seu Chico, Tomás? — respondeu a Mariflores. — Ele é tão distinto que tenho certeza que nunca deve ter apanhado na vida. Não é, Seu Chico?

— Obrigada, Mariflores — disse mamãe —, pode deixar tudo aqui na mesa.

A Mariflores olhou para todo mundo de um jeito desconfiado e saiu bem rápido da sala dizendo que tinha muito serviço.

O Vô Chico acendeu um novo cigarro e disse:

— Bom. Onde a gente estava mesmo? Ah sim, o que vamos fazer com o Tomás. Vou ajudar: por exemplo, por que vocês não privam o menino de sobremesa hoje à noite?

— Ah não! Nós vamos jantar fora e seria cruel demais fazer isso.

— Então, privem de refrigerante!

— Ele bebe tanto refrigerante que um a mais, um a menos, não vai fazer a menor diferença.

— Mas então não o deixem andar de bicicleta, ou não o deixem praticar seu esporte favorito, pronto.

— Está louco!? — retrucou o papai. — Esporte é bom para a saúde, seria um erro privá-lo dessa atividade.

— Mas somente por um dia, é claro.

— Não, até um dia é demais. E não esqueça que a gente paga a escolinha de futebol. E como ficamos então?

— Então, *deixa* ele sem ver televisão. É castigo clássico.

— Tem televisão no quarto dele, como vamos controlar?

— É só tirá-la de lá.

— A fiação é tão complexa que teríamos que chamar um técnico — falou papai. — É meio ridículo e caro chamar um técnico por causa de um castigo. Mas tenho uma ideia. Podemos privá-lo de andar no meu carro durante uma semana.

O carro do meu pai, não sei se já falei, é um 4.4 turbo alto e preto, que ele comprou faz pouco tempo e meu Vô Chico chama ele, o carro, de Paris-Dakar.

— Privá-lo de andar no Paris-Dakar? Mas isso não é castigo Valce..., Giovane, é prudência — respondeu meu avô. — Do jeito que você guia!

— Ah é! E como é que eu guio, por favor?

— Guia perigosamente, guia rápido demais, faz ziguezagues o tempo todo, muda de marcha e acelera de forma brusca. Parece que tirou a carteira de habilitação numa academia de caratê! Você guia *agressivamente*, como gosta de dizer.

Pelo jeito, papai não gostou nada do que o Vô Chico falou. Ele disse que era inveja e que, de qualquer forma, ser agressivo era necessário na vida.

Acho que eles iam continuar brigando, mas chegou a Júlia, minha irmã, e pararam de falar. Ela entrou com sua mochila e sua garrafinha d'água, tirou os fones de ouvido e cumprimentou todo mundo de longe:

— Oi, pais, oi, Chico Vô.

— Oi, brotinho — respondeu Vô Chico.

Ele chama ela de brotinho e ela chama Vô Chico de Chico Vô, porque ela gosta de chamar as pessoas de jeito diferente, e daí ouvimos um acorde de guitarra: era o celular dela.

— É Uivando — disse ela.

— Uivando? — perguntou meu Vô. — Júlia se comunica com lobos?

— É o Ivan — explicou minha mãe —, o novo namorado dela. Mas ela fala Uivando. Ela fala tudo diferente, é a idade.

— Tenho balada hoje à noite. Quem vai me levar e buscar?

— De novo? — perguntou minha mãe.

— Como assim, de novo? Ontem não teve. Bom, vocês resolvem quem vai me levar e buscar. Enquanto isso, vou comer uns doces que estão na mesa.

— Os doces! A gente tinha esquecido que a Mariflores tinha trazido guloseimas — disse Vô Chico. — A gente estava tão entretido com a discussão sobre castigo que...

— Castigo! Estavam falando de castigo? Como na escola? — perguntou a Júlia. — Que papo do além!

E ela foi para seu quarto, sem ninguém mandar. Eu também quis pegar uns doces e Coca-Cola, mas o Vô Chico foi mais rápido do que eu e disse que até que enfim havia achado o castigo: me deixar sem poder comer o que a Mariflores tinha trazido, mas minha mãe não concordou porque eu devia estar com fome e que não era bom para minha saúde me deixar sem lanche, e o papai concordou.

— Mas vocês são duros na queda — disse Vô Chico. — O que vamos fazer então?

— O que é que o Tomás fez mesmo? — perguntou meu pai.

— O palavrão, lembra? O palavrão!

— Ah sim, o palavrão, agora lembro.

— E eu lembrei que assisti a uma palestra, lá na escola, que falava de valores, moral, ética e essas coisas, e também falaram de castigo — disse a mamãe. — O palestrante afirmou que o castigo deve ter relação com o delito. Por exemplo, roubou, tem que devolver, ou quebrou alguma coisa, tem que consertar.

— Sim, mas o que se faz no caso de um palavrão? Como reparar o dano? — perguntou o Vô Chico.

— Minha avó falava em obrigar a criança a limpar a boca com sabão — disse meu pai.

— Coitadinhas das crianças — disse minha mãe.

***

A conversa sobre castigo continuou por um tempão, eles foram falando, falando, falando, às vezes brigando, às vezes rindo, e eu fiquei quieto no meu canto. Até que não aguentei e perguntei:

— Posso sair do castigo?

Eles olharam para mim, parecendo surpresos de me ver ali.

— Vejam que coisa! Ficamos discutindo e nos esquecemos do Tomás.

E começaram a rir e a dizer que eu era muito bonzinho e coitadinho. Daí o Vô Chico falou:

— Pronto, achamos o castigo perfeito: obrigar a criança a ouvir conversa de adulto, a ouvir papos do além, como diz a Júlia. Tomás, acabou o castigo. Vá para seu quarto.

Eu fui rapidinho. Que castigo terrível! Juro que nunca mais vou falar aquele palavrão.

O Dia das Mães

Hoje foi o Dia das Mães.

Então eu e a Júlia, minha irmã, a gente resolveu dar um presente para ela. A mamãe sempre diz que o maior presente dela é a gente, eu e a Júlia, mas mesmo assim a gente achou melhor pensar em outro presente para o Dia das Mães, senão, sei lá, fica sem graça. E como ela ganhou a gente de presente já faz bastante tempo, é preciso dar outras coisas de vez em quando.

***

Eu dei dois presentes.

O primeiro foi feito na escola. Todo ano, antes do Dia das Mães, nossa professora, que se chama Aninha, que também é mãe, mas que para a gente é Tia, nos manda fazer um desenho para dar a nossas mães, cada um para a sua.

Ficamos muito animados para fazer o desenho e porque não haveria aula de português naquele dia. A Aninha ainda disse que deveríamos fazer um desenho bem bonito porque mãe merece. Ela nos deu folhas brancas e mandou a gente pegar nosso estojo de lápis de cor, e daí a gente começou a desenhar.

Eu estava sem ideia. O Renato, meu melhor amigo, também não sabia o que fazer e perguntou para a professora se ela tinha alguma ideia legal, mas como ela não tinha, ela perguntou:

— O que faz mesmo a sua mãe?

— Ela é advogada — respondeu Renato.

— Então desenhe algo que tenha relação com o trabalho dela. Uma balança, por exemplo, que é o símbolo da justiça.

— Não acho legal a balança, porque ela vai se lembrar da cozinha lá de casa, onde ela diz que passa tempo demais. Mas já sei, vou desenhar um cheque bem bonito.

— Um cheque? — perguntou a professora. — Que ideia estranha!

— É, em casa, ela sempre mostra os cheques que recebe de clientes, e sorri muito. Acho que é o que ela mais gosta no trabalho dela. Vou desenhar um cheque com um monte de zeros depois do 1.

A professora não pareceu ter gostado muito da ideia do Renato, deu um suspiro e falou que tudo bem, fazer o quê. Mas a conversa entre ela e o Renato deu inspiração a meus amigos.

— Minha mãe é artista — disse o Marcos, outro melhor amigo meu. — Então vou desenhar uma mancha bem colorida.

— Uma mancha!? — surpreendeu-se a Aninha. — Por que uma mancha?

— Porque os quadros dela são parecidos com manchas. Nada de casas, pessoas, carros, campo de futebol, nada: ela faz manchas que ela chama de *astratas*.

— Abstratas, Marcos, não *astratas*.

— Isso mesmo, vou fazer uma bonita mancha abstrata e vermelha.

— E eu vou desenhar problemas — disse a Fabiana.

— Desenhar problemas? — perguntou ainda a professora. — Como assim?

— É porque minha mãe é assistente social e ela fala de problemas durante todo o jantar. Vai ficar *mó* legal. Vou desenhar um montão de problemas e ela vai gostar, vocês vão ver.

E assim foi. Nós começamos a desenhar coisas que têm a ver com o trabalho das mães. O Felipe, meu melhor amigo, disse que ia fazer um monte de pessoas porque a mãe dele é socióloga. O Marcelo decidiu desenhar uma seringa porque a mãe dele é enfermeira, mas a Fernanda disse que era ela quem ia fazer uma seringa, porque a mãe dela é médica e que médico manda em enfermeiro, mas o Marcelo respondeu que médico não sabe dar injeção e é por isso que chama as enfermeiras. A professora sugeriu que a Fernanda desenhasse um estetoscópio, mas ela não quis porque não sabia o que era e falou que então ia fazer uma seringa maior do que a seringa do Marcelo. Como a mãe do chato do Téo é professora, como a minha, ele falou que ia desenhar um caderno bem bonito. O Lucas, outro chato, falou que ia fazer um dente porque a mãe dele é dentista, e Sofia, que a mãe dela é psicóloga, disse que não sabia o que desenhar. O Allan falou que sabia, e que ele ia desenhar um retrato dele mesmo porque a mãe sempre diz que ele dá muito trabalho.

Eu também não sabia direito o que desenhar. Eu não ia fazer a mesma coisa que o Téo, isso nunca. Poderia desenhar uma escola, mas ia demorar muito. Então tive uma ideia e perguntei à Aninha:

— Tia, de onde vem o Dia das Mães?

— Como assim, de onde vem? — perguntou a Aninha.

— Tipo o Natal vem do nascimento de Jesus, o Ano-novo vem do nascimento do novo ano, o Sete de Setembro vem de algo que aconteceu faz muito tempo, mas não sei o que foi. Tipo assim: o Dia das Mães vem do quê?

— De onde você acha que vem, Tomás?

Aninha gosta de fazer perguntas para a gente pensar e enquanto isso ela também fica pensando.

— Não sei mesmo, professora.

— Pesquise na internet, então.

— Mas não vai dar tempo, tenho que fazer o desenho agora, né!? Por favor, me diga de onde vem o Dia das Mães, que assim eu desenho algo que tem a ver.

A professora pareceu contrariada, pensou um pouco e disse:

— Boa ideia, Tomás, mas o problema é que, justo hoje, eu esqueci a origem do Dia das Mães. Alguém na classe sabe?

Ninguém sabia, e o Felipe aproveitou para perguntar de onde vinha o Dia dos Pais. Ninguém sabia, nem a Aninha que também tinha esquecido, justo hoje. Então ela pegou o celular dela e ligou para a Carminha, uma das coordenadoras da escola.

— Não pode usar celular durante a aula — disse o Felipe, mas a Aninha respondeu que o uso a trabalho do celular era permitido e que era para ele ficar quieto senão ia receber uma advertência. Ela ligou e perguntou para a Carminha de onde vinha o Dia das Mães, mas, infelizmente, a Carminha também tinha esquecido.

— Vamos perguntar à Irmã Dulcinéia — eu sugeri.

A Irmã Dulcinéia e a Irmã Dulce, como eu já contei, ficam passeando o dia inteiro pelos corredores e pelo pátio; aparecem de repente e depois desaparecem. Meu Vô Chico diz que a Irmã Dulce tem uma expressão agridoce porque ela sempre fica sorrindo e ao mesmo tempo olha bravo. É verdade. A gente tem medo dela e gosta mais da Irmã Dulcinéia, que é gordinha, nunca dá bronca e ri toda hora. Pensei que ela certamente saberia de onde vem o Dia das Mães e responderia rindo mais um pouco. Mas, não sei por que, a Aninha pareceu ficar muito preocupada com minha proposta e disse que de jeito nenhum, que não era para incomodar as irmãs com tão pouca coisa e que eu deveria dar um jeito de achar outro tema para meu desenho.

Não achei justo porque minha ideia era boa e que a mamãe ia gostar. Tentei insistir, mas a professora falou em castigo se eu não parasse imediatamente, então parei. Acabei por desenhar um troféu porque na entrada da escola tem um monte de troféus e, portanto, isso se relaciona com o trabalho da minha mãe que é professora, por vocação, como ela diz.

O desenho com o bonito troféu foi um dos presentes que eu dei a ela hoje. O segundo, eu também preciso contar como foi.

***

Ontem, meu pai chamou eu e a Júlia no canto e disse baixinho que a gente ia ao *shopping* para comprar um presente para minha mãe, mas que ela não podia saber que a gente ia sair porque seria uma surpresa. A Júlia concordou em ir ao *shopping* — ela sempre concorda em ir ao *shopping* —, mas disse que não seria surpresa para minha mãe ganhar um presente no Dia das Mães, que seria surpresa se não ganhasse nada. Mas a gente nem precisou sair escondido porque mamãe chegou e disse que ia até o clube brincar um pouco de *hamster*. "Brincar de *hamster*" foi o nome que minha irmã deu para quem faz esteira — aquela coisa de correr sem sair do lugar. Quando ela falou pela primeira vez em brincar de *hamster* minha mãe não gostou, nem meu pai, que também brinca da mesma coisa, mas que corre mais rápido. Mas acostumaram com o apelido e agora falam em brincar de *hamster* várias vezes por semana. Ficou como um código secreto da família e a Mariflores, nossa empregada, até agora não sabe do que se trata. Ela acha que é maluquice de patrão e prefere nem saber o que é, diz "eu, hein!".

Daí minha mãe saiu com seu Fiat Uno – o Campinas-Jundiaí, como fala a Júlia –, e depois o papai colocou seus óculos escuros e tirou o 4.4 turbo alto e preto – o Paris-Dakar, como fala o Vô Chico – da garagem; tirou com muito cuidado porque a garagem é meio pequena para ele, o turbo. Ele gosta muito do 4.4 turbo alto e preto dele e também da chapa que é "EUU 1929". Perguntei se eu podia sentar na frente e, apesar de ser proibido, o papai deixou dizendo que eu era maduro para minha idade. A Júlia não faz questão de andar na frente e prefere ficar atrás com seu celular, seu Ipod e sua garrafinha de água. Sentamos no carro, papai esticou o pescoço, sorriu, acendeu todos os faróis – ele faz isso mesmo de dia – e a gente foi para o *shopping*. Chegamos bem rápido, mas não adiantou nada porque o estacionamento estava tão cheio que ficamos rodando um tempão até acharmos uma vaga. Papai olhou bem para o número da vaga e falou alto:

– 2E3, é 2E3. Vamos lá.

A Júlia levou tudo para o *shopping*: seu Ipod, seu celular e sua garrafinha de água. Meu pai só levou o celular e a garrafinha de água. Seu Ipod, acho que ele esqueceu em casa. A gente ficou esperando o elevador que demorou um tempão e, para passar o tempo, fiquei lendo a plaquinha que diz que a gente só pode entrar no elevador se ele estiver lá, e eu não entendi como a gente poderia entrar nele de outra maneira. Ia perguntar para o papai o sentido daquela plaquinha, mas o elevador chegou e quase não conseguimos entrar nele de tanta gente que tinha e daí eu me esqueci de perguntar.

Quando saímos do elevador – quase que a gente também não consegue sair no andar certo –, meu pai falou:

– Eu vou liderar a nossa empreitada. Primeiro, eu vou à loja de informática para ver se tem alguma novidade para a minha empresa e, enquanto isso, vocês vão onde quiserem e nos encontramos daqui duas horas na praça de alimentação. Até já.

E ele foi.

Minha irmã disse que ia ver umas roupas e que eu deveria ir com ela porque tinha muita gente no *shopping* e eu poderia me perder. Não gostei porque quando ela compra roupa demora muito em cada loja, mas não teve jeito e fiquei vendo ela experimentar blusas, calças, saias, vestidos, sapatos, sandálias e até roupas íntimas, mas aí eu não vi. A cada roupa nova ela ligava no celular para as amigas, para pedir a opinião delas. Não sei por que, elas não podiam ver, só eu podia, mas ela não perguntou minha opinião. Para piorar as coisas, ela me pediu para segurar as sacolas de compras, mas daí eu falei que só ia segurar se ela me levasse na loja de brinquedos – *tá* pensando o quê! Ela topou, mas não deu para ficar muito tempo na loja de brinquedos porque as duas horas já estavam acabando. Eu comprei dois carrinhos *mó* legais e fomos para a praça de alimentação. Chegamos bem na hora combinada, mas nada do papai. Então a gente foi comprar um lanche: sanduíche, refrigerante e batata frita, como sempre, e depois um sorvete. Só a Júlia sabe o que tem de verdade para comer e beber porque está tudo escrito em inglês na praça de alimentação do *shopping* e ela estuda inglês na escola. Eu escolho pelas imagens e pelos números que eles colocaram lá, ainda bem. Mas acho que não custaria nada escreverem em português de vez em quando, para eu treinar a leitura.

Então meu pai chegou, com sacolas também, e tomei outro sorvete enquanto ele comia o lanche inglês. Ele falou que estava satisfeito porque, depois de muita discussão, tinha conseguido um desconto agressivo e que era uma falta de ética os comerciantes cobrarem tão caro, mas que ele tinha feito, como diz o Vô Chico, um negócio da China. É verdade, nesse *shopping* a gente pensa que está em outro país.

— Vamos embora? — perguntou papai.

— A gente ainda não comprou nada para a mamãe! — eu falei, e papai disse que, óbvio, que ele queria ver se eu não tinha esquecido, e minha irmã disse "essa é boa", e meu pai olhou feio para ela.

A gente não sabia o que dar à mamãe. A Júlia pensou, pensou, e disse "achei! Vou dar um celular".

— De novo!? — eu falei. — Você já deu um o ano passado. O que ela vai fazer com tanto celular?

Papai falou que era uma boa ideia porque em um ano o celular fica velho e imprestável e não fica bem andar com celular antigo porque os outros reparam. Então a gente foi comprar um celular que faz um montão de coisas além de falar e ouvir.

Eu não podia comprar um celular também porque ia ficar meio repetido. Então pensei em comprar um livro e papai propôs um de autoajuda, mas a Júlia disse rindo que mamãe já tinha lido cinco e que não tinha adiantado nada e que ela continuava professora.

— Poxa, Júlia! — eu falei. — Você não pode falar assim da mamãe que adora ser professora.

— Júlia, não fala assim — disse papai meio rindo. — Que maldade.

É verdade, mamãe sempre diz que é professora por vocação e então acho que não tem jeito e foi mesmo maldade da Júlia falar assim.

— Eu estava apenas brincando — falou Júlia.

E não pensamos mais em comprar outro livro de autoajuda, mas qual comprar então? A gente foi à livraria para ter ideias.

A Júlia propôs que a gente olhasse na seção de pedagogia. Tinha muitos livros lá e reparei num que estava escrito *A arte de colocar limites em dez lições* e falei que parecia legal, porque mamãe falava o tempo todo nesse negócio de limites. Mas a Júlia respondeu que mamãe já tinha lido cinco livros desse tipo e que também não tinha adiantado nada.

— Foi ela que disse, não eu — acrescentou ela.

Reparei noutro livro chamado *O fim da infância*, mas a gente achou que ficava estranho dar um livro chamado assim logo no Dia das Mães, e a gente não achou mais nada de livro e meu pai propôs que eu comprasse um CD para a mamãe.

Foi uma boa ideia porque na loja de CDs a gente logo achou um presente bem legal: o vendedor disse que tinha chegado o novo CD de Julio Iglesias.

— Novo? — perguntou Júlia. — Novo não. No caso de Julio Iglesias, melhor dizer que é o último CD dele.

Não entendi direito o que ela quis dizer, mas tanto faz porque a mamãe diz que adora Julio Iglesias e que até chora quando ouve, então compramos e a gente foi embora procurar o carro. Papai ficou em dúvida se estacionamos no 2E3 ou no 3E2. Ninguém lembrava e chegamos bastante tarde em casa, depois da mamãe que tinha chegado de brincar de *hamster*.

***

E hoje chegou o Dia das Mães. Logo de manhã, depois de acordar, eu e a Júlia, a gente foi dar os presentes. Mamãe adorou o celular, deu um beijão na Júlia e logo gravou nossas vozes para quando alguém chamar. Ela adorou o desenho com troféus que ela achou original, e ela me deu um beijão. Ela também adorou o último novo

CD do Julio Iglesias dizendo que era exatamente o CD que ela tanto desejava e me deu outro beijão. Daí ela falou que a gente era muito bonzinho e que o maior presente da vida dela era a gente, eu e a Júlia.

Ela sempre diz isso, mas acho que ficou contente de ganhar alguma outra coisa.

A coragem

Hoje, passei um dia tranquilo na escola, sem que o Téo e o Lucas me amolassem. E acho que foi tudo por causa do que aconteceu na Festa Junina que teve na escola, na sexta. Eu vou contar o que aconteceu, mas, para vocês entenderem direito, preciso falar dos chatos do Téo e do Lucas, que são da minha classe, mas não gosto deles nem um pouco.

O Téo é um menino grandão, bastante forte e também um pouco gordo, pelo menos eu acho. O Lucas é um menino baixinho e magrinho e que deve ser complexado porque, como diz o Vô Chico, que é alto, todo homem baixinho, e magro ainda por cima, é complexado. Meu pai não concorda. Vai ver que é porque ele não é magro, mas é baixo, embora o rosto dele lembre o de um jogador de voleibol, que é bem alto, chamado Giovane. Mas eu acho que já falei disso para vocês e de qualquer forma não importa agora. O que importa são o Téo, que é alto, forte e chato (e meio gordo), e o Lucas, que é magro e baixinho e também é chato.

Eu não sou nem baixinho, nem alto. Também não sou forte, nem fraco, nem magro, nem gordo. Enfim, sou normal, como fala minha mãe, que diz que é melhor assim.

Mas não sei se é melhor assim porque o Téo e o Lucas vivem me enchendo e me ameaçando. Se eu fosse forte, acho que eles nem chegariam perto de mim. Se eu fosse gordo, eles me empurrariam e eu nem sairia do lugar, por causa do peso. E se eu fosse alto, eles teriam de levantar os olhos para falar comigo e acho que ficariam meio humilhados. Mas, como eu disse, sou normal e eles aproveitam, esses desgraçados!

Vejam o que eles fazem: às vezes, eles passam por mim, me chamam de "baixinho" – que não sou, como já expliquei – e me empurram. Outras vezes eles me cercam e mandam eu dar dinheiro para eles e eu dou, fazer o quê? Um dia, pegaram minha lapiseira de minha mochila e disseram que se eu falasse com a professora, a Aninha, eles iriam bater em mim e eu não disse nada e falei para a mamãe que tinha perdido a lapiseira, porque fiquei com vergonha de falar a verdade para ela. O Téo e o Lucas também costumam falar mal de mim e espalhar mentiras a meu respeito e todo mundo ri, menos o Marcos, o Felipe e o Renato, que são meus melhores amigos, mas que não podem me ajudar muito porque também são normais. Outro dia, o Téo e o Lucas me empurraram tão forte que caí de mau jeito, doeu e eu chorei e eles riram bem alto e outros alunos também riram muito. Isso costuma acontecer no recreio, e por isso os professores não sabem de nada, porque eles ficam na sala dos professores. E quando, de repente, aparecem a Irmã Dulce ou a Irmã Dulcinéia, eles se afastam de mim e elas não percebem nada, continuam seu caminho e desaparecem.

Um dia criei coragem e contei tudo para minha família porque o Téo e o Lucas exageraram: eles me mandaram trazer de casa um carrinho para cada um deles. Eu não queria de jeito nenhum e contei para meu pai, para minha mãe, para meu Vô Chico. Não contei para a minha irmã, mas ela ouviu porque estava na sala naquele dia.

Mas não adiantou nada eu contar.

Meu pai falou que era uma falta de ética, que era para eu me defender, revidar, ser mais agressivo, porque na vida é preciso ser agressivo. Mas eu não consigo de jeito nenhum ser agressivo e às vezes me pergunto o que será de mim mais tarde, quando eu crescer. Mas verei depois.

Minha mãe falou diferente e disse que esses meninos, o Téo e o Lucas, deviam ser crianças muito infelizes, coitadinhas, e que era por isso que agiam mal. Ela também disse que deviam ter problemas nas suas famílias. Mamãe talvez tenha razão porque, como ela é professora, deve saber das coisas de criança. Mas acho que se eles têm problemas na família deles, eu é que tenho problemas na escola e que se eles são infelizes, eu sou mais infeliz ainda por causa da infelicidade deles. Mamãe falou, falou, e eu fiquei na mesma.

Vô Chico disse que na época dele não era assim. Eu gostaria muito de viver na época dele porque parece que era tudo muito melhor, mas é claro que não dá, então também fiquei na mesma.

Minha irmã falou que eu não devia ligar e que assim eles ficariam furiosos. Tudo bem, mas se ficarem mais furiosos ainda, vai ser pior para mim. Não achei aquela uma boa solução e resolvi nunca mais falar nada em casa, porque acho que eles não entendem direito a minha situação.

Um dia decidi falar do assunto com o Marcos, o Felipe e o Renato. Aí descobri que eles também tinham problemas com o Lucas e o Téo e que, como sentiam vergonha de falar, a gente não sabia. Quer dizer, cada um de nós não sabia que os outros tinham problemas, eu não sabia de nada sobre eles e eles não sabiam de nada do que acontecia comigo. Daí a gente ficou sabendo, e, não sei por que, foi um alívio saber que tinha mais gente com o problema do Téo e do Lucas.

Um alívio, mas não resolvia nada, então a gente pensou em dar um jeito e começou a conversar. Eu comecei falando que meu pai tinha falado em revidar, mas o Felipe disse que o pai dele, que é professor de letras *vernálucas*, ou uma coisa assim, falou que nunca se deve revidar, que se devia conversar.

— Ele falou em ser assertivo — disse o Felipe.

— O que é ser assertivo? — perguntou o Marcos.

— Não entendi direito — respondeu o Felipe —, mas acho que é tipo falar sem xingar, explicar as coisas, sei lá.

— Já sei — eu disse —, ser assertivo é a gente ir falar para eles pararem de amolar a gente. Vamos tentar.

— Tudo bem, mas quem vai falar com eles? — perguntou o Renato. — Eu é que não, porque tenho medo.

— Eu também tenho medo — falou o Marcos. — Acho que devia ser o Felipe, que é o primeiro da classe em Português e que fala bonito. Pode dar uma boa *assertivação*.

É verdade, o Felipe fala bonito e meio complicado, com palavras difíceis nas frases, mas ele respondeu que a gente estava louco, que não era certo ele se arriscar a falar porque, se não desse certo esse negócio de assertividade – ou assertivação, nem sei –, ia sobrar para ele. Como ele tinha razão, a gente resolveu não ser assertivo, que a gente nem sabe direito o que é, e a gente começou a pensar em outra coisa.

– Vamos nos vingar – propôs o Renato. – A gente esconde a mochila deles, ou molha os cadernos deles, ou quebra a lapiseira deles, coisas assim, que tal?

– Achei legal, eles merecem, mas não vai adiantar – respondeu o Felipe – porque como eles não vão saber que foi a gente que fez, vão continuar amolando do mesmo jeito. E se a gente falar que fez isso, eles vão se vingar da vingança e vai ser pior. Acho que é por isso que meu pai sempre fala que nunca se deve responder ao mal com o mal. É muito arriscado.

A gente achou que o Felipe tinha razão e começamos a pensar em outra coisa.

– Acho que a gente devia falar com a Aninha – disse o Renato –, daí ela defendia a gente.

Daí o Marcos ficou meio vermelho e contou que já tinha falado com ela um dia, mas que não havia dado em nada.

– Falei com a Aninha, mas ela me disse que isso era assunto da coordenação e me mandou falar com a Carminha (a Carminha é uma das coordenadoras, a outra é a Neidinha). Falei com a Carminha, mas ela me disse que estava muito, muito ocupada e me mandou falar mais tarde com a Neidinha, que me disse que falaria com o Téo e o Lucas e que voltaria a falar comigo mais tarde ainda, mas ela não voltou a falar. Viu, não adianta falar com os professores, parece que eles não ligam para esse tipo de coisa, vai ver que é porque não vale nota.

— Que tal a gente falar com a Irmã Dulce? — eu propus.

Meus amigos toparam achando que era uma boa ideia porque a Irmã Dulce manda em todo mundo na escola, até na Ruth, a diretora. Então a gente procurou por ela, mas é difícil achá-la porque ela e a Irmã Dulcinéia aparecem de repente e depois somem para não se sabe que lugar. Mas tivemos sorte e a Irmã Dulce apareceu no pátio e daí a gente foi rápido até ela, antes que ela sumisse de novo, e contou tudo. Foi o Felipe que falou porque ele tem facilidade para isso.

— Entendi — respondeu a Irmã Dulce. Mas não se preocupem, pois Deus vê tudo o que se passa na Terra e os maus serão castigados. Fiquem tranquilos em relação a isso.

E ela foi embora.

Mas não deu para a gente ficar tranquilo. A gente não entendeu direito esse negócio de castigo de Deus porque já faz tempo que os chatos do Téo e do Lucas nos amolam, e Deus ainda não fez nada e eles continuam amolando. Por que será?

Daí apareceu a Irmã Dulcinéia e a gente foi falar com ela, contou tudo e ela respondeu:

— Entendi. Mas não se preocupem, pois Deus vê tudo o que se passa na Terra e os bons serão recompensados. Fiquem tranquilos.

E foi embora.

De novo, não deu para a gente ficar tranquilo, porque, se os bons somos nós, o problema não é a recompensa, mas sim os chatos do Téo e do Lucas. Mas daí acabou o recreio e a gente teve que subir para a sala de aula sem ter chegado a uma solução. Acho que às vezes os adultos não ouvem direito o que a gente diz.

* * *

Daí chegou a Festa Junina. É uma festa bem legal, sempre igual, que reúne todos os alunos da escola, até os maiores. A gente tem que ir vestido de caipira, com calça rasgada, camisa xadrez e bigode, as meninas também, mas sem o bigode e sem as calças porque usam vestido. Tem uma grande fogueira que a gente não pode chegar muito perto, tem pau de sebo bem alto, tem pipoca e refrigerante, tem música, e obrigam a gente a dançar quadrilha que é junto com as meninas da classe e também de outras classes. É difícil porque tem que dar as mãos, ir para frente, ir para trás, dar voltas, e às vezes a gente se confunde, mas a música não para de tocar.

A dança tinha acabado e a gente estava comendo pipocas quando todo mundo ouviu um grito.

— Iiiiihhhhhhhh, a Carla!

Era a Irmã Dulcinéia apontando para a árvore do pátio. É a única árvore do pátio. Disseram que ela é *mó* velha e por isso deram um jeito de construir a escola em volta para não derrubar. Ela é bem alta e lá em cima nós vimos a Carla, a gata da escola.

A Carla é como as Irmãs Dulce e Dulcinéia: ela às vezes aparece, às vezes não, às vezes passa por nós e depois some, a gente nunca sabe quando vai ver ela e por isso a gente deu o apelido de Irmã Carla pra ela, mas ninguém nunca disse isso para as Irmãs Dulce e Dulcinéia, que não iam gostar. Foi pelo menos o que falou a Aninha, nossa professora, quando soube do apelido.

A Irmã Dulcinéia parecia desesperada e dizia que a Carla nunca ia conseguir descer sozinha e que isso acontecia às vezes com os gatos: eles conseguem subir, mas depois não sabem descer. Não sei por quê! Bastaria eles tomarem o mesmo caminho de volta; mas gato é bicho e é menos inteligente que gente.

— Alguém precisa subir na árvore e pegar a Carla — disse a Irmã Dulcinéia.

Como o chato do Téo estava bem ao lado dela, ela pediu para ele ir buscar a gata. Ela disse que, como ele era bem alto e forte (eu acho meio gordo também), ele podia subir na árvore, mas ele ficou sem jeito e falou que não daria porque estava meio resfriado. Mas não era verdade, porque o nariz dele não escorria nem um pouco. Acho que era medo. Como ele não quis subir, a Irmã Dulcinéia pediu para o chato do Lucas, que, já que ele era baixinho e magro, devia ter habilidade para subir na árvore e pegar a Carla, mas ele também não quis porque também estava meio resfriado. Mentira! O nariz dele também estava normal e ele nem tossia. Devia ser medo, como o Téo.

Então eu falei para a Irmã Dulcinéia que eu iria buscar a Carla porque sabia subir em árvores até mais altas que essa do pátio. É verdade, eu tenho prática porque às vezes vou para o sítio da Vó Mercedes, que era casada com o Vô Chico, mas não é mais porque descasaram e ela ficou com o sítio e meu avô com o apartamento. Lá no sítio tem muitas árvores e eu, escondido de minha mãe, que fala que é muito perigoso, aprendi a subir nelas e me dou muito bem.

Então comecei a subir na árvore do pátio. Não dava para ver direito onde estava a Carla, mas dava para ouvir seu miado e eu fui subindo até chegar nela. Lá de cima eu vi que toda a escola estava olhando para a gente, eu e a Carla. Até alguém gritou "Que coragem, hein, Tomás!", e eu fiquei contente porque é verdade que para subir em árvores precisa coragem, porque a gente pode cair e se machucar, nunca se sabe.

Peguei a Carla, que é bem mansinha e leve, e comecei a descer com muito cuidado. Quando cheguei ao chão, todo mundo aplaudiu e eu fiquei vermelho, não sei se de vergonha ou de orgulho. Talvez os dois juntos. Levei a gata até a Irmã Dulcinéia, que estava do lado de minha mãe, que é professora na mesma escola.

— Aqui está a Irm.... Aqui está a Carla — eu disse entregando o bicho.

— Você foi um herói — disse a Irmã Dulcinéia me dando um beijo. E mamãe, que parecia toda orgulhosa, falou uma coisa que eu estranhei:

— Ele consegue subir em árvore que não é normal.

Depois disso, muita gente de todos os anos e até meninas vieram me cumprimentar e repetir que eu era muito corajoso e que o Téo e o Lucas eram covardes. Mas o Téo e o Lucas não devem ter ouvido, pois estavam sozinhos, um com o outro, lá do outro lado do pátio.

***

E hoje, o dia de aula depois da Festa Junina, o Téo e o Lucas não me amolaram. Nem chegaram perto de mim. Para falar a verdade, não sei bem o motivo, nem fiquei preocupado que viessem me amolar, porque sabia que teria conseguido me defender. Acho que foi por causa do que aconteceu na Festa Junina. É também o que acham o Felipe, o Renato e o Marcos, meus melhores amigos. O Marcos disse que se ele soubesse subir em árvores como eu, o Téo e o Lucas o respeitariam e não amolariam. O Felipe e o Renato concordaram.

Então eu disse que eles deviam aprender a subir em árvores. Deve ter curso para isso, porque, como diz meu pai, hoje tem curso para tudo. É só pagar.

Vô Chico vai casar

O Vô Chico vai casar! De novo! E hoje de tarde, ele foi lá em casa apresentar sua nova namorada, que já virou noiva e logo será esposa dele.

De manhã, todo mundo estava nervoso, com muita vontade de conhecer a moça, que não era tão moça assim como vimos mais tarde, mas mais moça que o Vô Chico. Até a Mariflores, nossa empregada, estava nervosa. Ela disse:

— O que é mesmo que preparamos para o almoço quando Seu Chico veio apresentar a sua esposa anterior? Não podemos repetir o prato, ele acharia que é falta de consideração.

— Era estrogonofe — respondeu a mamãe. — Eu lembro bem porque a noiva se chamava Lara.

— Não entendi — eu falei.

— Lara é um nome russo e o estrogonofe também é um prato russo. Então associei.

— Como chama a noiva de agora? — perguntei.

— Lua — falou a minha irmã Júlia, que estava por perto. Ela se chama Lua.

— Lua! Isto é nome de gente? — estranhei.

— Hoje em dia, as pessoas acham que tudo pode ser nome — disse meu pai, que também estava por perto.

— Eu também acho estranho — disse a mamãe. — Não deveria ser permitido dar esse tipo de nome. O cartório não deveria deixar. Apelido, tudo bem, mas nome... Devia ser nome normal, tem tantos e tão bonitos.

— É verdade — disse a Júlia. — Tem Aristobaldo, Josefina, Abigail, Dorotéia, Agripina, Shirley, Anastácio, Clotário, Zuleika, Bartolomeu, Asdrúbal. É só escolher.

— Mas pelo menos é nome, minha filha — disse a mamãe. — Lua é coisa, é planeta.

— Vai ver que Chico Vô queria ver a face oculta da Lua — disse a Júlia.

— Alguma coisa me diz que ele já viu — disse o papai.

Eu também acho que ele já viu porque eu mesmo já vi fotos da parte escondida da Lua, numa revista. É igual à outra, aquela que a gente vê em noite de luar cheio.

— A Lua, ela é bonita? — perguntou meu pai. — Alguém já a viu?

— Não, vai ser a primeira vez hoje para nós todos, porque ele a conheceu faz apenas alguns meses, mas certamente não é tão bonita e inteligente quanto minha mamãe — falou a mamãe. — Papai nunca devia ter se separado dela. Aliás, esse negócio de divórcio está errado, eu acho. Um exagero.

Vou explicar. A mãe de minha mãe, a primeiríssima esposa de Vô Chico, a única que realmente vale, segundo a mamãe, a minha, se chama Vó Mercedes. Casaram há um tempão e nasceu a Dora, minha tia, que já casou, descasou e casou novamente e teve um filho de cada vez, o Ricardo e a Marina, e nasceu minha mãe, a Norma, que casou com meu pai, e teve dois filhos, eu e a Júlia, e ficou com ele até hoje. Eu não sei direito por que meus avós se separaram, mas sei que teve muita briga e discussão e que meu avô ficou com o apartamento e minha avó com o sítio, um lugar *mó* legal com muitas árvores, piscina, e às vezes eu passo o final de semana lá.

— É o amor, mamãe — falou a Júlia. — "O coração tem razões que a própria razão desconhece." Até que Chico Vô ficou bastante tempo com Vó Mercedes: dez anos. Uma década! Dá mais de dois mandatos de presidente.

— Mas nós, Dora e eu, sofremos muito com a separação, sobretudo por causa da Carmem, essa víbora com a qual papai casou logo em seguida. Ainda bem que a gente morava com a mamãe e só tinha que aguentar a Carmem nos finais de semana.

— Mas sua mãe também logo casou de novo e vocês tampouco se davam muito bem com ele, não é?

— É verdade, mas, para ser sincera, não muito, como ele era piloto de linha, a gente o via pouco. E ganhávamos passagens de avião pelo menos, enquanto a Carmem só deu dor de cabeça e dívidas ao papai.

— O que fazia a Carmem? — perguntou meu pai.

— Nada, justamente — respondeu mamãe. — Antes, ela era operária numa fábrica, e como papai era de esquerda, achou lindo casar com alguém de uma classe social desfavorecida, mas quem ficou desfavorecido acabou sendo ele, e por pouco ele mesmo não vai parar na tal da classe, porque ela parou de trabalhar e começou a torrar todo o dinheiro dele. Ainda bem que durou pouco, apenas quatro anos.

— E aí veio a bela Hortência — lembrou papai.

— Não era tão bela assim — falou mamãe. — Uma astróloga, veja só como papai estava perdido depois da separação com mamãe. Uma astróloga! Mas não durou nem um ano.

— Ela não previu que seria tão curto — comentou a Júlia.

Eu estava achando interessante essa lista de nomes de mulheres do Vô Chico. Operária, astróloga. Não sei o que a gente estuda para fazer esses trabalhos. O que será que fazia a próxima, a quarta esposa do Vô Chico? Me contaram que ela era professora, mas não por vocação, como minha mãe, pois logo que casou com Vô Chico, também deixou de trabalhar. O nome dela era Flavinha e ela ficou quatro anos e dois meses com meu avô, menos que o tempo que ele ficou sem fumar, porque ele lembra até hoje que foram quatro anos, três meses e quatro dias, e depois ele voltou. Então, para não ficar sozinho, o Vô Chico chamou a Amanda para morar com ele. Ela trabalhava numa ONG, mas eles não se casaram: nem deu tempo, porque ela logo foi embora com outro, que trabalhava na mesma ONG. Disseram que Vô Chico ficou muito triste e, para passar a tristeza, casou com a Lara, a russa do estrogonofe, que também trabalhava numa ONG. Essa eu conheci, pois não faz tanto tempo que ela também foi embora com outro homem, que trabalhava numa outra ONG. Parece que ONG é um lugar bem legal para conhecer gente... Mas logo apareceu a Lua, que vem almoçar com a gente hoje.

A gente estava falando da vida de Vô Chico e de suas esposas quando tocou o telefone: era a portaria do Colibri's Park perguntando se podia deixar entrar o Senhor Francisco e meu pai disse que podia, é claro. Vô Chico vem tantas vezes aqui que eu não sei por que a portaria ainda pede autorização para ele entrar. Deve ser uma questão de segurança, como dizem os meus pais.

— Chegou o polígamo — disse a Júlia.

— O quê? — perguntou mamãe.

— Chegou o polígamo sequencial, com a Lua nova.

— Júlia!

***

E chegaram mesmo, na moto de Vô Chico, uma moto enorme com pneus gordos e que faz muito barulho. Estávamos todos na porta de casa para ver chegarem os noivos. Até a Mariflores estava com a gente, e ela disse que ia preparar hambúrguer importado com batata frita, que era um prato americano, como os astronautas que foram à Lua há um tempão e depois não foram mais.

— Bom dia — disse Vô Chico. Eu tenho a honra de lhes apresentar a Lua, minha companheira — e deu um beijo em todos nós. A Lua também deu um beijo em todos nós, até na minha mãe, que tinha estendido a mão.

Fomos entrando em casa, com meu avô todo feliz, sorrindo e cantando sua canção predileta, aquela que diz "rasga as minhas cartas zi". Um dia pergunto o que significa "zi", mas não hoje, que o assunto é outro. Sentamos todos no salão, até a Júlia, que não costuma gostar de reuniões familiares, mas acho que estava curiosa e queria ver a Lua de perto.

— Senhorita Lua, o que a senhora quer beber? — perguntou o papai.

— Por favor, me trate por você, não faça cerimônia. Eu queria um daiquiri.

Meu pai fez cara de desentendido e disse que não lembrava como fazia daiquiri, mas Vô Chico ajudou:

— Essa é do tempo do Onça. É fácil: rum branco, com suco de limão e açúcar; é tipo batida cubana. E para mim um uísque e um cinzeiro, por favor.

Papai serviu as bebidas e o cinzeiro, uísque para ele também, vinho do Porto para mamãe, uma cuba-libre para a Júlia, que falou que era para combinar com a onça, e uma Coca para mim, mas sem o rum.

E a conversa começou silenciosa.

Até que meu pai perguntou:

— Lua, o que você faz?

— Sou psicanalista, psicanalista lacaniana.

— Ah, é psicóloga então — falou mamãe. — Gosto muito de psicologia, é útil para lidar com crianças.

— Psicóloga não! — respondeu a Lua. — Sou psicanalista, é diferente. E lacaniana.

Minha mãe não gostou muito da correção, pois não suporta ser chamada de ignorante, mas sorriu e perguntou:

— Para a senhora, qual a diferença?

— Por favor, me chame por você. É simples: psicologia estuda comportamento e nós estudamos os desejos.

— ...

— Tomemos um exemplo: os professores. Por que será que uma pessoa escolhe ser professor?

— É vocação – falou rapidamente a mamãe.

— Não. É desejo. A pessoa pensa que é vocação, mas é desejo, algum desejo inconsciente que frequentemente nada tem a ver com a profissão em si. E quase sempre relacionado à sexualidade.

Minha mãe abriu os olhos bem grandes, parecia que sufocava e, quando ela ia falar alguma coisa que deveria ser muito interessante, meu Vô Chico mudou de assunto.

— Acho que vai chover de tarde – ele disse.

— Certamente vai – disse a Júlia.

— E não é época de chuva – acrescentou papai.

Estranhei porque meu Vô Chico, meu pai e a Júlia se interessaram tanto pelo novo assunto. Falaram mais do tempo e chegaram até a prever a hora da chuva: às quatro horas. E à uma sentamos à mesa de jantar para almoçar e, depois da salada, vieram os hambúrgueres importados e as batatas fritas, mas a Lua não quis comer.

— Por quê? – perguntou a mamãe.

— Sou vegetariana – respondeu a Lua, e minha mãe reclamou do Vô Chico que deveria ter avisado, mas ele tinha esquecido e o que a Lua ia almoçar agora?

— Tem bife de soja? — ela perguntou. — Meus pais eram proprietários de um restaurante macrobiótico, e eu gostava muito de bife de soja.

Mas, infelizmente, não havia carne desse animal em casa e ela comeu o que restava da salada, e eu comi o hambúrguer importado dela com bastante batata.

A conversa foi indo de lá para cá, muitas vezes interrompida pelos celulares que tocavam toda hora com sons diferentes. O do meu Vô Chico lembra um telefone antigo; no da minha mãe a gente escuta minha voz e a da Júlia; no da Júlia, toca uma guitarra; no do meu pai, se ouve o *Bolero* de Ravel; e no da Lua, uma cantora chamada Enya, que eu não conhecia e que disseram que é "zen" ou uma coisa diferente assim.

Entre chamadas de celulares, meu pai conseguiu perguntar à Lua:

— Onde fica seu consultório?

— Não tenho mais, agora todo mundo vai ao psiquiatra e toma remédio. Então resolvi protestar: fechei meu consultório.

— Mas você trabalha, não é? — perguntou minha mãe olhando para o Vô Chico.

— Sim, numa ONG ligada à educação. Ajudo os professores a se acharem. Eu trabalho assim...

— Escutem o trovão — interrompeu Vô Chico, que hoje estava mesmo preocupado com o tempo (vai ver que é por causa da moto, que não tem teto e a gente se molha quando chove). Acho que vai chover antes das quatro.

— Talvez um pouco depois — falou papai.

— Talvez um pouco antes — disse a Júlia.

E não se falou mais da ONG. Acho que quando eu crescer, se eu não for empresário como papai gostaria, eu também vou trabalhar numa ONG, porque elas dão emprego para um monte de gente com diploma.

Depois da sobremesa (sorvete com morangos, que a Lua comeu), fomos novamente ao salão, e eles tomaram café. Eu não, porque é muito forte. Como a Júlia pelo jeito já sabia tudo que queria sobre a Lua, pediu licença e foi para seu quarto. Os adultos ficaram conversando e atendendo celulares. Papai falou muito de sua empresa, dos clientes, dos impostos e de seu 4.4 turbo alto e preto que é um dos mais modernos do mercado. Vô Chico falou da época dele, quando várias vezes ele e seus amigos arrebentavam a boca de um balão, não sei qual, mas um dia ele me ensina como faz. A Lua tentou falar mais do trabalho dela na ONG, mas Vô Chico e papai logo iam falando da chuva que ia chegar daqui a pouco. Mamãe ficou silenciosa, parecendo pensar em alguma coisa. E eu também quase não falei nada, só respondi à Lua quando me perguntou se eu era bom aluno — disse que sim, é claro — e quais eram meus desejos para o futuro — e falei que não sabia e que, por enquanto, parecia que eu ainda não tinha vocação para nada, e papai e Vô Chico voltaram a falar do tempo.

E choveu mesmo, lá pelas quatro horas, como tinham previsto. Como a conversa ia se arrastando, tive uma ideia: fui até meu quarto pegar uma revista especial que falava dos 40 anos da ida do homem à Lua, do grande pulo para a humanidade dado pelo pequeno passo de um americano. Trouxe a revista e mostrei para o Vô Chico:

— Vô, a Júlia e o papai falaram que o senhor queria ver as partes escondidas da Lua, então eu trouxe para mostrar.

Mostrei a revista para ele, mas ele ficou com cara de bravo, não sei por que, quase nem olhou as fotografias (papai tinha razão quando falou que ele já tinha visto a face escondida da Lua) e disse que já estava tarde, que não chovia mais e que estava na hora de ir. Agradeceu o almoço e ele e a Lua levantaram e foram até a moto. A gente deu os beijos de sempre, deu tchau e eles foram embora. A gente ficou olhando até dobrarem a esquina.

Na hora de entrar em casa, minha mãe falou para ninguém:

— É vocação sim, tenho certeza de que é.

E ela disse que ia para seu quarto descansar. Eu entendo: dar uma recepção sempre dá muito trabalho.

***

E agora, legal, a gente vai ter *pizza* no jantar, daquelas que vêm de moto, como o Vô Chico, porque a mamãe ainda não parou de descansar.

Eu sou turista (1)
Preparativos de viagem

Hoje de manhã chegamos de volta ao Brasil.

Saímos do avião bem devagar, porque havia muita gente e o corredor é estreito, andamos um bocado pelos corredores do aeroporto e chegamos ao lugar onde se mostram os passaportes. Havia uma fila enorme e ficamos lá – eu, o papai, a mamãe e minha irmã Júlia – durante pelo menos uma hora. Daí ficamos mais um tempão esperando nossas malas, até que finalmente chegaram, e fizemos fila para passar na alfândega e depois outra fila para tomar um táxi que nos levou para casa.

E chegamos em casa depois de mais de uma hora e meia de trajeto porque havia muito trânsito, e a Mariflores, nossa empregada, logo quis que a gente contasse como foi a viagem e a gente disse que contaria depois. Mas eu já vou contar a vocês desde o comecinho, que foi muitos meses atrás.

***

Foi no começo do ano, ou quase, quando meu pai, durante o almoço, disse que estava pensando em a gente ir ao exterior durante o mês de julho, que não tem aula, porque a empresa dele estava indo muito bem. Ele não sabia muito bem para onde, mas tinha que ser um lugar importante, turisticamente famoso, para agregar valor e trazer muitas lembranças.

— Que tal Afeganistão? — perguntou a Júlia. — Ou o Iraque? Ou a Somália?

Papai e mamãe riram, mas parece que não gostaram da ideia porque meu pai logo propôs ir para Miami, nos Estados Unidos, por exemplo.

— Ah não — falou a Júlia —, eu já fui aos Estados Unidos uma vez com a Vó Mercedes. Fomos para Nova York, lembram? Então, eu já conheço e, além do mais, tem muita fila para tirar o visto.

A Vó Mercedes, que é a mãe da minha mãe, levou a Júlia para passear nos Estados Unidos. Eu não fui porque era muito pequeno, mas ela prometeu que me levaria um dia. "Questão de justiça", foi o que ela disse.

— Eu gostaria de conhecer a Europa — disse minha mãe, e a Júlia achou uma excelente ideia.

Papai tentou argumentar um pouco mais para os Estados Unidos, que é o país mais importante do planeta, o mais rico e que tem mais empresários, que seria mais fácil por causa do idioma, mas a Júlia disse que com o inglês a gente pode ir a qualquer lugar, que todo mundo fala inglês. Eu não falo, mas como o papai e a Júlia falam, tudo bem, não tem problema, eles traduzem para mim, como na praça de alimentação do *shopping*.

— Ok, vamos para a Europa então — disse o papai —, mas devemos escolher as cidades.

Ele pegou o Atlas geográfico e apontou as cidades famosas.

— Podemos visitar Paris, Londres, Lisboa, Madri, Barcelona, Amsterdã, Viena, Berlim, Roma e Veneza. Que tal?

— É cidade demais — falou a mamãe. — Não vai dar tempo de ver nada direito.

— Mas nós vamos sempre nos deslocar de avião. E a Europa é pequena, tudo é perto.

— Mesmo assim, concordo com a mamãe, é cidade demais — disse a Júlia.

— Está bom, então vamos deixar a Alemanha e a Áustria de lado. Agora, não dá para ir à Europa sem conhecer Paris, Londres, Lisboa, Madri, Barcelona, Amsterdã, Roma e Veneza.

Depois de mais discussão, Amsterdã acabou dançando, e também dançou Madri, porque mamãe não suporta a ideia de tourada, que meu pai queria muito ver. Então ficamos apenas com Paris, Londres, Lisboa, Barcelona, Roma e Veneza, e também Atenas, que a Júlia acrescentou na última hora porque se lembrou das aulas de filosofia (acho que o professor dela é grego, é pelo menos o que pensa papai, que diz que para ele "filosofia é grego"). E ficou decidido que a primeira cidade a ser visitada seria Paris, onde se fala francês, tem muito perfume e se come muito bem, segundo a mamãe.

Daí, a gente foi até o computador do papai para comprar as passagens e reservar os hotéis, mas foi muito difícil porque era muita viagem de uma cidade para outra e muitos hotéis, a gente desistiu e meu pai falou que era melhor contratar uma agência de viagens e que a gente ia ver isso na outra semana.

E a gente viu mesmo. Na quarta-feira, no final da tarde, depois da escola, papai nos levou no seu 4.4 turbo alto e preto para uma agência de viagens que o Marquinhos, o sócio dele na empresa, recomendou. A agência se chama Ulisses's Travels, é bem grande e, como tinha muita gente, esperamos um tempão para ser atendidos, e daí atenderam, mas demorou bastante também porque havia muitas decisões para tomar e muitos documentos para preencher. Eu não preenchi nenhum, só fiquei vendo e escutando. Parecia problema de matemática que a Aninha, minha professora, às vezes dá para a gente fazer. Ficou decidido que nós sairíamos do Brasil dia 1 de julho às 19 horas e 45 minutos, que chegaríamos a Paris no dia 2 de julho às 10 horas locais e 50 minutos (ou uma coisa assim), que chegaríamos ao hotel antes das 12 horas, que então almoçaríamos, e que daí *não* iríamos ao Louvre (um museu) porque não daria tempo de ver tudo, mas que visitaríamos uma torre alta que esqueci o nome, e, como lá costuma ter fila, gastaríamos a tarde toda para subir na torre e depois descer. Em seguida jantaríamos num restaurante perto do hotel onde se come rã mas é barato e que no dia seguinte, aí sim, iríamos ao tal do Louvre, porque daria tempo de ver tudo, sobretudo o quadro de uma senhora chamada Lisa. E assim por diante, com tudo programado, lugar onde ir, saída de hotel, horário de partida e chegada dos aviões, entrada em outros hotéis, passeios "incontornáveis", como diz a moça da Ulisses's Travels, e tudo isso até a volta ao Brasil, programada para o dia 31 de julho, saída de Paris às 23 horas locais e 30 minutos e chegada ao Brasil às 5 horas também locais e 55 minutos (mas chegamos às sete horas daqui e 48 minutos).

Papai saiu muito contente da agência dizendo que isso é que era organização, mas ele logo voltou porque mamãe lembrou que a gente tinha esquecido de fazer o seguro-viagem, sem o qual é loucura fazer turismo, disse ela, nunca se sabe. E a gente esperou mais um tempo, preencheu mais documentos e daí fez o seguro, que papai achou caro demais, mas, como nunca se sabe, ele pagou. Não devia ter pagado porque durante a viagem não deu para usar.

Depois foi a vez dos passaportes — "uma verdadeira novela", disse minha mãe. O passaporte dela e o da Júlia estavam vencidos, o meu não porque eu ainda não tinha um. A gente teve que tirar uma foto especial, até aí foi rápido, mas conseguir os passaportes não foi tão rápido assim. A gente foi ao lugar certo, mas não deu para fazer nada porque apenas pegamos uma senha para um outro dia. No outro dia, a gente ficou numa fila lenta, com mulheres falando de novela, homens falando de futebol e todos reclamando do governo. Quando finalmente a gente sentou na frente do moço dos passaportes, ele logo disse que faltava um documento e que a gente o desculpasse, mas teria de voltar outro dia. A gente voltou no outro dia com o documento certo e pegou outra fila lenta com gente diferente, mas falando das mesmas coisas que as pessoas da primeira fila. Outro moço dos passaportes atendeu a gente e disse que estava tudo certo e que a gente deveria voltar dali uns 15 dias para retirar os passaportes. A gente voltou novamente, mas dessa vez eu fui esperto e trouxe uma história em quadrinhos para ler na fila, e deu para ler inteirinha até chegar diante da moça do passaporte. E, finalmente, ganhei meu primeiro passaporte, que eu tive de assinar com cuidado e com minha melhor letra, porque, se errasse, eu teria que fazer todas as filas de novo. Fiquei todo contente e queria levar o passaporte para a escola e mostrar para todo mundo, mas mamãe disse que não, porque se eu perdesse ou rasgasse o passaporte teria que fazer outro, e eu concordei com ela, por causa das filas.

***

Não sei se meus pais tiveram que fazer outras filas para acabar de preparar a viagem, mas ficou tudo pronto e no dia 1 de julho acordei nervoso porque era o dia da viagem. Até a Mariflores estava nervosa porque ela ia ficar cuidando da casa. Vô Chico e sua nova esposa, a Lua, que ele chama de "companheira", vieram almoçar com a gente para se despedir. Os dois falaram que já conheciam todas as cidades que a gente ia ver, e outras mais, e deu para perceber que nossa viagem seria cheia de aventuras.

— Cuidado com os franceses — disse meu Vô Chico —, eles não gostam de turistas e detestam que falem inglês com eles.

Minha mãe ficou preocupada (e agora, o que fazer se a gente não fala francês?), mas a Lua comentou:

— Eles melhoraram um pouco ultimamente e até sorriem quando a gente fala em inglês, mesmo não entendendo nada. Mas cuidado com os italianos, com os homens italianos.

— O que têm eles? — perguntou meu pai.

— Eles não podem ver mulher sem assediar.

— Bah, não tem problema, é cultural — falou Vô Chico, sorrindo. — Eles são muito simpáticos, mais que os espanhóis, que são suscetíveis (cuidado com o que falar para eles), e também mais simpáticos que os ingleses, que são frios e distantes. E em Londres, cuidado ao atravessar as ruas: lá os carros andam do lado esquerdo, e eu quase fui atropelado um dia.

— Como assim? — perguntei.

— É como se eles andassem na contramão — disse Vô Chico —, então, na hora de atravessar a rua, você olha para a esquerda, vê que não vem carro, começa a atravessar, mas vem um pela direita e você vai pro beleléu.

— Pra onde? — eu quis saber.

— Para o hospital, digamos. É preciso ficar esperto. Vocês estão levando seguro-viagem? Cuidado, hein, porque acidentes sempre podem acontecer. Nunca se sabe.

— Em Londres, a gente acaba acostumando com os carros — disse a Lua. Mas, em Veneza, o difícil é se acostumar com os turistas: tem tantos que a gente faz fila nas ruas.

— Como para comprar passagem e retirar passaporte? — perguntei.

— Pior ainda — disse a Lua. Um inferno! Não sei o que todas essas pessoas vão fazer lá. As ruas são estreitas e às vezes mal cabem duas pessoas lado a lado. Cuidado, saiam bem cedo para os passeios, quando tem menos gente.

— E cuidado com os preços — acrescentou Vô Chico. — Eles costumam dar umas facadas nos turistas, e isso em todos os países.

— Vocês estão levando muito dinheiro? — perguntou a Lua. — Cuidado com os hotéis, não dá para deixar o dinheiro no quarto, é arriscado. Nem deixar passaporte, porque roubam para dar para traficantes. É perigoso.

— Na rua também é — disse meu avô. — O bom é levar o dinheiro numa pochete que você esconde debaixo da calça. Eu sempre faço isso. E cuidado também com as casas de câmbio, cobram taxas altíssimas. É escorchante.

— Vocês têm medo de avião? — perguntou a Lua. — Eu sempre tenho um pouco. Por mais seguros que sejam...

— Na minha época, viajar de avião ainda era raro, as pessoas se vestiam a caráter, era uma festa e todas as aeromoças eram lindas — disse Vô Chico. — Cada aeronave era cuidada como se fosse uma joia. Agora tem tantas que não dá para ter o mesmo cuidado. Que aeronave vocês vão pegar?

Ninguém sabia direito, achavam que era Airbus ou Boeing.

— Cuidado com as turbulências — disse a Lua. — Fiquem sempre de cinto.

Depois de darem mais algumas recomendações práticas, Vô Chico e a Lua disseram que seria uma linda viagem e que a gente ia adorar.

***

E chegou a hora de ir embora para o aeroporto. De táxi, porque o papai disse que não daria para deixar o 4.4 turbo nem morto no aeroporto durante um mês.

Falamos tchau para Vô Chico e para a Lua, minha mãe disse que logo daria notícias, subimos no táxi, cada um com uma garrafinha de água, menos eu, que prefiro refrigerante, e fomos embora.

Havia um trânsito medonho e o trajeto até o aeroporto, que é bem longe de casa, foi muito demorado, e meu pai falava baixinho que se ele fosse guiando a gente chegaria mais cedo. Mas, como não era ele, chegamos atrasados: duas horas antes do embarque e mamãe estava muito nervosa porque devíamos chegar três horas antes do embarque. Finalmente lá, pegamos os carrinhos, colocamos as malas e eu sentei em cima da maior – *mó* legal –, e entramos no aeroporto. Mas, pelo jeito, foi pela porta errada, porque tivemos que andar bastante até achar o lugar do *check-in* e lá encontramos, vocês não vão acreditar, uma fila enorme, cheia de gente e de carrinhos com malas. Pensando bem, parece que não chegamos tão atrasados assim, porque logo depois havia mais gente atrás de nós, coitados deles.

Ficamos pacientemente na fila até chegar ao balcão. Mamãe ligou para o Vô Chico para dizer que tínhamos chegado bem ao aeroporto e que estávamos na fila do *check-in*.

Despachamos as malas, pegamos os cartões de embarque e papai disse que devíamos imediatamente ir para o portão de embarque. Fomos para lá rapidamente. Não adiantou nada ir rapidamente porque havia outra fila comprida para colocar as bolsas, mochilas, computadores e celulares numa máquina estranha com gente espiando atrás. Minha mãe então ligou para Vô Chico para dizer que estava tudo bem e que fazíamos a fila da polícia. Finalmente, chegamos perto da máquina, e esperamos um pouco mais porque tinha uma mulher brava que gritava bem alto porque a polícia tinha roubado o frasco de creme dela e não adiantou porque não devolveram o creme e ela teve que ir pra frente sem ele, sempre gritando. Daí a gente teve que passar por uma porta sem porta que às vezes apita e aí vem um homem com um aparelho estranho que ele passa no corpo da pessoa. Ele fez isso com papai, que não gostou, mas teve que aguentar, e finalmente passamos pela polícia.

Eu procurei o avião, mas o que vi foi uma grande loja chamada *Free Shop*. O papai e a Júlia se precipitaram para lá enquanto eu e a mamãe ficamos esperando eles comprarem várias coisas e fazerem fila para pagar. Mamãe ligou para a Mariflores para saber se estava tudo em ordem em casa e para o Vô Chico para dizer que a gente tinha passado pela polícia. Daí chegamos ao portão 10, mas o embarque tinha sido mudado para o portão 1 e voltamos tudo para trás, chegamos e fizemos fila para entrar no avião. Ficamos esperando até que uma moça vestida de azul que nem polícia falou bem alto que quem estava acompanhado por crianças podia entrar primeiro e, por causa de mim, pela primeira vez desde o começo da história da viagem, não tivemos que fazer fila e a gente entrou no avião antes, junto com outras pessoas bem-vestidas e que sentaram na parte da frente com poltronas maiores que as nossas, sortudos. Também sentamos, eu ao lado do papai e, atrás da gente, a mamãe e a Júlia. Eu e a Júlia, a gente escolheu ficar perto da janela, para ver a paisagem, mas como estava noite, não dava para ver grande coisa, só luzinhas.

Entrou um monte de gente, todos olhando para cima e para os lados e a mamãe ligou para Vô Chico para avisar que estávamos dentro do avião, que estávamos ansiosos para pisar pela primeira vez na França e que íamos voar dali a pouquinho, um beijo. Mas não foi tão pouquinho assim até que avisaram que as portas do avião estavam fechadas e que os celulares deviam ser desligados. E o avião se mexeu: estava andando de ré. Até ele teve que fazer fila. Foi o que disse o comandante que avisou que ia atrasar um pouquinho só porque havia vários outros aviões na frente do nosso para chegar até a pista.

Enquanto isso, as aeromoças e os aeromoços iam falando um monte de coisa no microfone, primeiro em francês (foi o que minha mãe me disse), depois em inglês (foi a Júlia que disse) e depois em português, mas mal dava para entender o que diziam porque a pronúncia era esquisita e as palavras meio estranhas. Falavam de *cintôs* e *mesinhás*. E por fim a moça do microfone falou:

— *Atençon, preparrar parra a descolagem.*

E a gente *descolou*.

Eu sou turista (2)
A VIAGEM DE AVIÃO

O avião foi tomando altura bem devagar. Não parava de subir e as luzes lá embaixo iam ficando cada vez menores, até que sumiram.

— Entramos nas nuvens — disse o papai.

Como não dava para ver mais nada pela janela, olhei para frente e notei que na telinha que tem na frente da gente se via um mapa com o desenho de um avião em cima. Papai explicou que era para saber que lugar a gente estava sobrevoando e que o avião iria se deslocando no mapa até chegar à Europa. Achei *mó* legal, porque assim a gente pode ver a viagem duas vezes: uma pela janela, outra pela telinha.

E o avião continuou subindo, subindo, até que, de repente, acenderam-se as luzes, as pessoas começaram a se movimentar, as aeromoças e os aeromoços começaram a passear nos corredores e eu perguntei ao papai o que estava acontecendo. Ele me mostrou um aviso luminoso, no alto, que não estava iluminado: parecia a fivela de um cinto e ele me explicou que quando esse sinal luminoso se apagava, a gente podia levantar, dar uma esticada nas pernas e ir ao banheiro, mas como a viagem tinha acabado de começar, ainda não era hora de esticar as pernas e ir ao banheiro.

Eu resolvi assim mesmo levantar um pouco, andar no corredor para olhar para a galera que estava viajando com a gente. Quanta gente cabe num avião! E quanta gente diferente. Ao lado do papai, do outro lado do corredor, tinha uma pessoa, não reparei se era homem ou mulher, que antes de o avião subir já tinha colocado um cobertor por cima da cabeça e que ainda estava com ele desse jeito. Na frente do papai, havia um senhor bem gordo que, logo que o luminoso apagou, recostou rapidamente a poltrona e deu um susto no papai, que não gostou. Ao lado dele, tinha uma freira, como as Irmãs Dulce e Dulcinéia, lá da escola, que olhava fixamente para o nada e mexia a boca. Mais para frente, havia umas pessoas com um bebê que não dava para ver direito, mas dava para ouvir porque chorava bem alto. Vai ver que tinha medo de avião, como a Lua, a nova esposa de Vô Chico. Andei mais pelos corredores (tem dois) e reparei que muita gente estava com fones de ouvidos e olhava fixamente para a telinha. Cada telinha mostrava uma coisa diferente, e algumas pessoas ainda estavam vendo o desenho do mapa do Brasil com o avião em cima, para ver se estava tudo bem. Vi um casal, abraçado, um segurando forte o outro; talvez eles estivessem com medo também, como o bebê. Achei uma outra pessoa fazendo coisa diferente: estava lendo um livro com uma luz forte em cima da cabeça. Fui até o fundo do avião, mas não me dei bem porque a tripulação, como eles gostam de ser chamados, estava preparando carrinhos com um monte de coisas e uma aeromoça sorriu para mim e disse, acho que em português, que eu devia voltar ao meu lugar. Foi pelo menos isso que eu entendi, então fui voltando, mas pelo outro corredor. Vi dois japoneses, lado a lado, com fones nos ouvidos e trabalhando nos seus computadores. Vi também uma mulher bem grande, que meio que se parecia com homem, ao lado de um homem alto e fino, que tinha jeito de mulher. Eles falavam bem alto, em português, e pareciam muito, muito felizes. Eu fui andando até que cheguei numa cortina no meio do corredor. Passei: era o lugar das pessoas bem-vestidas e sentadas em poltronas largas e azuis, e que já estavam tomando aperitivo. Eu queria andar mais para frente, até o lugar onde fica o piloto, quem sabe ele me deixava ver a cabine, como Vô Chico disse que lhe aconteceu várias vezes até um dia 11 de setembro e que depois não aconteceu mais. Nem pude ir bem longe porque outra aeromoça, que eu ainda não conhecia, me disse, em francês, eu acho:

— *Non, Non, Non. Tu ne peux pas rester ici, mon chéri. Retourne à ta place.*

E como eu não entendia, ela mesma me levou de volta e disse ao papai:

— *Atrrrás cortiná: proibidô.*

— Desculpa — falou imediatamente a mamãe, que tinha escutado tudo. — Não acontecerá mais. Desculpa.

— *Excuse me* — traduziu a Júlia, e a aeromoça voltou para o lugar proibido.

— Tomás — disse mamãe —, que vexame, não pode ir para a frente do avião, é terminantemente proibido, é o pessoal da classe executiva.

— O que é classe executiva? — perguntei.

— O avião é dividido em classes — respondeu mamãe. — Cada um fica na sua, é a norma.

Isso me lembrou o que diz Vô Chico, que também fala em divisão em classes, mas não de avião. Eu ia perguntar mais sobre esse negócio de classes, mas não deu porque daí eu vi dois aeromoços vindo em minha direção com um carrinho que um puxava e o outro empurrava (devia ser pesado), e tive que voltar ao meu lugar. Papai me explicou que iam servir o jantar e que ele havia pessoalmente reservado um prato especial para mim.

Logo a gente escutou alguém chamar.

— Tomás Ladacá? Tomás Ladacá?

Uma aeromoça chegou perto da gente, olhou para cima e perguntou:

— Tomás Ladacá?

— *Oui!* — respondeu papai, vejam só, em francês.

Era o meu jantar especial: macarrão! Meu prato preferido. Agradeci o papai e comecei a comer em cima da mesinha que a gente abaixa e levanta. Não é muito fácil comer nela porque é muito estreita e eu derrubei um pouco de macarrão e também um pouco de suco no chão. Mas deu para comer direito e eu já tinha quase acabado quando trouxeram os pratos do papai, da mamãe e da Júlia. Um aeromoço mandou o gordo da frente do papai acordar, levantar o encosto da poltrona e comer, e ele obedeceu.

Enquanto meus pais e a Júlia jantavam, eu comecei a explorar o controle que tem na poltrona e que mexe a telinha. *Mó* fácil. A gente coloca os fones e ouve música, vê filme e a toda hora pode voltar no mapa com o avião, que tinha avançado um pouco, mas ainda estava no Brasil, mais para cima. Uma aeromoça veio até nós, olhou para uma luz acima da gente, apertou um botão que apagou a luz, suspirou e foi embora. Na segunda vez, ela voltou com cara de brava, e papai me explicou que eu não devia apertar o botão com o desenho de uma moça porque ela achava que eu estava chamando ela, o que não era verdade.

Eu estava brincando com o controle quando o gordo na frente do papai, que come rápido, abaixou bruscamente o encosto de sua poltrona e quase que derruba a bandeja do papai no chão.

— Que falta de ética! — disse papai.

Mais tarde, a tripulação voltou com o carrinho para retirar nossas bandejas e assim acabou o jantar, e mamãe disse que era hora de ver um filme ou dormir, mas antes teria de ir ao banheiro fazer xixi e escovar os dentes. Eu fui com ela, mas no corredor a gente logo teve que parar: havia uma fila!

O banheiro é bem diferente do banheiro de casa. Não tem chuveiro, é tudo apertado e meio sujo, e a descarga faz um barulhão que parece que vai engolir a gente. Mas é legal pensar que a gente está fazendo xixi tão alto acima da Terra. Só não sei para onde ele vai. Precisaria ver na telinha.

A gente voltou para nossos lugares e eu perguntei quanto tempo faltava para pisar pela primeira vez na França. Mais umas oito horas, disse papai, e eu calculei que daria para ver uns quatro filmes e comecei a ver um desenho animado, mas logo deu sono. O avião tinha ficado todo escuro, devia ser por isso. Eu dormia e acordava, dormia e acordava. Quando estava acordado, eu percebia que de vez em quando as aeromoças e os aeromoços passavam pelos corredores, com uma garrafa de água, e olhavam para a barriga da gente. Eles me lembravam as irmãs Dulce e Dulcinéia, que às vezes aparecem, e depois desaparecem, e aparecem de novo, sem fazer barulho.

Teve uma hora que eu não gostei tanto. Foi quando o piloto acendeu o luminoso do cinto e alguém falou no alto-falante que ninguém podia levantar porque a gente estava passando por uma zona de turbulência. E que zona! Até o homem gordo acordou, mas não a pessoa do cobertor na cabeça, do outro lado do corredor. Ela nem se mexeu. As aeromoças e os aeromoços começaram a circular nos corredores, olhando bem para a barriga da gente e minha mãe falou baixinho para o papai:

— Giovane, olha os membros da tripulação, parecem preocupados.

— Imagine, Norma, turbulência é normal, já peguei tantas, e até mais fortes que essas. Eles estão simplesmente fazendo seu serviço de verificar se os cintos estão...

Ele nem conseguiu acabar a frase porque uma turbulência mais turbulenta que as outras sacudiu o avião todo e a tripulação foi para o fundo do avião e sumiu. Percebi que toda a galera estava acordada e em silêncio, e que muitos estavam olhando para o luminoso vermelho do cinto. Papai também. Acho que eles não queriam rolo com as aeromoças e os aeromoços. Eu preferi olhar para o desenho do mapa e percebi que na telinha o avião nem tremia – que falso! Vi que a gente estava em cima do mar e pensei que devia ter uma supertempestade lá embaixo, e que devia ser perigoso para os navios, que deviam *turbular* também.

As coisas foram pouco a pouco se acalmando, as turbulências foram diminuindo e, quando o luminoso do cinto apagou, muita gente da galera começou a falar, alguns até levantaram, e a tripulação reapareceu.

E aí, não teve jeito, eu peguei no sono de vez.

***

Acordei meio no susto. Acordei me perguntando onde eu estava. Procurei o relógio que fica ao lado de minha cama, mas não achei, daí eu vi a telinha com o desenho do mapa e o avião por cima e lembrei que eu era um turista. Olhei para o lado e percebi que papai ainda dormia. Olhei para trás e vi que a Júlia também dormia, mas não a mamãe, que me perguntou se eu tinha dormido bem e respondi que sim, no fim, porque no começo foi mais ou menos. Então olhei direito para a telinha e percebi que não dava mais para ver o Brasil e perguntei à mamãe que país era esse e ela me disse que a gente estava sobre a Espanha, já na Europa, e me perguntou se eu estava ansioso para pisar pela primeira vez na França e falei que sim, é claro.

Daí eu resolvi dar mais uma volta para ver a galera do avião. Passei devagarinho na frente do papai para não acordar. Reparei que a pessoa do cobertor ainda estava debaixo dele, na mesma posição que na saída do Brasil. Como consegue? O homem gordo na frente do papai ainda dormia e a freira do lado dele tinha fechado os olhos, mas ainda mexia a boca. Também reparei que o sinal da porta de um banheiro estava verde, o que quer dizer que não tem ninguém dentro, então entrei nele. Não que tivesse vontade de fazer alguma coisa, mas porque não tinha fila e eu quis aproveitar. Saí do banheiro, que estava mais sujo que antes, e fui andando e reparando que o chão do avião também estava muito sujo, cheio de coisas jogadas, jornais, cobertores, sapatos, garrafas, toalhas de papel, papel de bala e outras coisas mais. Não deve ter empregada na tripulação. O casal que estava agarradinho não estava mais. Os dois estavam tranquilos. O homem que lia não lia mais. Fui até o fundo do avião, mas como lá as aeromoças e os aeromoços continuavam enchendo carrinhos, tive que voltar pelo outro corredor. Parecia que os dois japoneses não dormiram, porque continuavam mexendo nos seus computadores. A mulher que parece homem parecia mais homem ainda, com cara de quem acabou de acordar, e seu vizinho, o homem que parece meio mulher, levantou com uma maletinha e disse que ia se aprontar para a chegada na capital mais fofa do mundo. Continuei andando até chegar à cortina antes do lugar proibido. Deu muita vontade de passar por ela, mas tive medo e só dei uma espiada: lá o chão também estava sujo, cheio de coisas esparramadas; acho que eles também não têm empregada.

De repente, as luzes do avião foram acesas, assim, bruscamente, e toda a galera teve que acordar. E acordou. E eu tive que voltar ao meu lugar porque mais um carrinho foi vindo em minha direção.

A pessoa do cobertor também acordou, e eu e a Júlia ficamos olhando atentamente para ela. Eu me esqueci de contar que a gente tinha apostado uma Coca-Cola francesa se a pessoa era homem ou mulher. Eu disse que era homem e Júlia que era mulher, e eu ganhei a Coca-Cola francesa porque a pessoa tinha barba e bigode. O homem do cobertor levantou o encosto de sua poltrona, abaixou a mesinha e ficou esperando sem olhar para mais ninguém. Deve ser uma pessoa que viaja muito de avião e não se interessa mais por ele. Quem não acordou na hora foi o homem gordo na frente do papai e a aeromoça teve que sacudi-lo, mandar ele levantar o encosto da poltrona e comer, e papai comentou que tem gente folgada neste mundo. Daí a aeromoça também pediu ao papai que levantasse o encosto de sua poltrona.

E chegou minha bandeja de café da manhã, também especialmente reservada pessoalmente pelo papai. E eu abri a cortina de plástico que tem na frente da janela. Olhei para baixo para ver a Espanha, mas só vi nuvens: um mar de nuvens. Mas foi *mó* legal porque eu nunca tinha enxergado nuvens por cima delas. É parecido com o que a gente vê lá debaixo, só que não chove.

Eu estava tomando meu café da manhã, com suco, fruta, iogurte, queijo e bolo, quando a Júlia disse:

— Olha, estamos quase chegando, já estamos sobrevoando a França! Daqui a pouco nós vamos pisar lá pela primeira vez.

Eu olhei pela janela e vi as nuvens francesas, iguais às espanholas.

A tripulação retirou nossas bandejas e começou a perguntar para cada um se era europeu, se era estrangeiro, se ia descer em Paris (eu não sabia que a gente tinha escolha de não descer), se ia fazer conexão e outras coisas mais, e meu pai teve que pegar sua bolsa para achar nossos passaportes e preencher umas fichas onde estava escrito tudo bem pequeno. Estava todo mundo bem agitado quando o comandante nos disse que ele esperava que tivéssemos feito uma boa viagem, que Paris estava nublada e com 23 graus Celsius, que íamos aterrissar às 11 horas e 10 minutos, para que desculpássemos o pequeno atraso, que ele esperava sinceramente voltar a ver a gente numa outra viagem e nos desejou uma boa estada. Ele falou isso em francês e inglês, mas em português não foi ele, porque ele pediu a uma aeromoça para traduzir, uma que falava português melhor que a moça da "descolagem". Deu para entender tudinho e também para saber que de agora em diante as mesinhas deviam ficar travadas, as poltronas na posição vertical e os cintos afivelados porque o avião tinha começado a descer para a França e que ia pousar num lugar chamado Charles de Gaulle. Papai me explicou que é um presidente francês que virou aeroporto.

Ficou o maior silêncio no avião, como na igreja na hora que o padre levanta um cálice, menos pelo bebê, que voltou a chorar de medo. Na telinha, o desenho do mapa desapareceu e só havia números que mudavam a todo instante. Como não dava mais para ver a viagem na tela, fiquei olhando para ela pela janela: as nuvens francesas estavam bem pertinho, até que a gente entrou nelas e não deu para ver mais nada. A gente demorou um tempão nas nuvens até que, de repente, apareceu a França, toda verde, quase sem árvores, como no condomínio onde a gente mora, o Colibri's Park. Perguntei ao papai o que eram esses quadrados verdes mais ou menos escuros, que pareciam os desenhos de uma toalha de mesa, e ele me disse que eram plantações. Quanta plantação! Deve ser por isso que se come bem na França.

O avião foi descendo mais devagar ainda do que quando subiu e daí ouviu-se um barulhão que parecia vir do chão. Papai explicou que o comandante havia baixado o trem de aterrissagem, que são as rodas que não servem para nada lá em cima, então ele recolhe.

Casas foram aparecendo pela janela e deu para ver alguns carros e alguns franceses andando, até que o avião pousou no chão tão leve que nem deu para perceber direito. Algumas pessoas aplaudiram não sei o que, mas a aeromoça mandou elas ficarem calmas e somente levantar quando os avisos luminosos dos cintos se apagassem.

Depois de rodar bastante, o avião parou e algumas pessoas, como o papai, levantaram, mas as aeromoças levantaram mais rapidamente ainda e mandaram todo mundo sentar que ainda não era hora de pisar pela primeira vez na França. Todos sentaram de novo, como na escola quando a Aninha, nossa professora, manda a gente ficar quieto. O avião voltou a andar.

E finalmente ele parou de vez e deixou de fazer barulho. Toda a galera levantou quase que ao mesmo tempo. As pessoas foram pegando as malas e mochilas, sacaram os celulares e ficaram olhando para eles. Eu, o papai, a mamãe e a Júlia, a gente também apanhou as nossas coisas. Papai pegou o celular e logo ligou para o Marquinhos, seu sócio, para dizer que tinha chegado à União Europeia. A Júlia ligou para umas amigas para dizer que ela tinha chegado a Paris. E mamãe ligou para o Vô Chico para dizer que tudo bem, que a gente ia pisar pela primeira vez na França. E nos preparamos para sair do avião.

E como o avião estava muito cheio de gente e era estreito, fizemos fila para pisar na França pela primeira vez.

Eu sou turista (3)
Paris

Depois de andar passinhos a passinhos, chegamos até a porta do avião e lá estavam algumas aeromoças falando tchau para a gente e sorrindo felizes de poderem parar de empurrar carrinhos e andar nos corredores. Reparei que tinha um lugar no avião que eu não conhecia, com poltronas quase brancas e maiores do que as da classe executiva. Deve ser um lugar mais proibido ainda!

Na hora de pisar no corredor suspenso que colocaram na frente da porta do avião, perguntei se isso valia como primeira pisada na França e minha mãe respondeu que achava que não. Quando a gente chegou ao final desse corredor perguntei de novo, e papai disse que agora, sim, a gente estava definitivamente no solo da União Europeia.

— E na França também? — eu perguntei.

— É claro — respondeu o papai —, a França faz parte da União Europeia.

Não sei por que, fiquei meio decepcionado. Deve ser porque o aeroporto francês com nome de presidente é muito parecido com o aeroporto do Brasil que tem nome de não sei quem. Tem o mesmo jeitão, as mesmas máquinas, os mesmos corredores, o mesmo cheiro, a mesma cor, o mesmo tipo de pessoa vestida de azul, e até as vozes que a gente ouve nos alto-falantes são parecidas, mas falam outra língua. E também tem filas francesas como as do Brasil, fila para pegar a escada rolante, fila na escada rolante, fila para pegar outra escada rolante, fila para mostrar passaporte e muita gente amontoada para pegar as malas que a gente nem enxerga direito e que são todas iguais, ou quase. As nossas foram as últimas a chegar e o papai disse que com ele nunca é assim, que foi azar. E, com as malas que colocamos num carrinho igualzinho ao do Brasil, fomos para a fila do táxi, fora do saguão do aeroporto.

Deu para ver o céu e foi somente nessa hora que eu senti que, de verdade, eu estava pisando pela primeira vez na França. E pisei bem forte.

A gente pegou um táxi alemão – uma Mercedes-Benz, preta e *mó* chique, com GPS – guiado por um motorista árabe que falava um pouco de inglês e deu para explicar o endereço do hotel, que fica num dos melhores bairros de Paris, disse o papai. Então a gente rodou pela primeira vez na França. A estrada lembra o Brasil, mas não o que está do lado dela: na França parece mais rico, sei lá. Quando a gente entrou pela primeira vez em Paris, reparei que é uma cidade baixinha com ruas estreitas. Deve morar pouca gente por lá. Quando a gente chegou ao hotel, papai logo procurou estrelas, e reparou que só tinha duas. Eu também vi as duas desenhadas bem na entrada do hotel. Papai ficou preocupado, dizendo que era pouca estrela, que ele estava acostumado com quatro ou cinco, mas paciência, a gente ia ver. E a gente viu que era um hotel pequeno, mas *supercharmoso* (como disse a mamãe) e *bem bacana* (como disse a Júlia), com um elevador muito, mas muito pequeno, onde não cabe junto uma família como a nossa. Então, eu e a Júlia subimos pela escada que gira em torno do elevador e a gente chegou ao *deuxième étage*, como eles dizem em Paris. Ficamos em dois quartos, também pequenos, mas maneiros. Eu fiquei num com a Júlia, e o papai e a mamãe no outro.

Nós arrumamos um pouco as coisas nos armários, mas não muito, porque a gente ia ficar pouco tempo em Paris, porque depois tinha Londres, e a gente foi procurar um restaurante. Por acaso, tinha um restaurante brasileiro perto do hotel, o McDonald's, bem pequeno também, mas muito parecido por dentro com o que a gente vê lá perto de casa. O papai disse que a gente comeria comida diferente à noite e que agora era melhor comer rapidamente para poder passear.

— Aonde a gente vai? — perguntou a Júlia.

Papai pegou uma caderneta onde estava tudo escrito e disse que a gente ia visitar uma torre. Lembrei o nome da torre: é Eiffel. Fizemos fila na frente do caixa e eu olhava para os cardápios, mas não entendia nada, a não ser Coca-Cola. Perguntei o que era *poulet* e papai respondeu que no Brasil é *chicken*.

— ... ?

— Frango — explicou a mamãe, e foi isso que escolhi: *poulet*, batata frita e Coca-Cola. Papai, mamãe e a Júlia escolheram a mesma coisa e assim foi a nossa primeira refeição na França, onde se come muito bem, como diz a mamãe. Estava mesmo muito bom, como no Brasil.

— Você sabe chegar até a Torre Eiffel? — mamãe perguntou ao papai, que tirou sua caderneta do bolso e também um mapinha do metrô de Paris. Olhei para o mapinha, que era cheio de linhas que se cruzam várias vezes, uma confusão. Mas papai falou que era fácil, que era só seguir as linhas de onde a gente estava até uma estação chamada Trocadéro, não Tour Eiffel. A gente foi procurar pelo metrô, e logo achou. A entrada é bem legal: é uma escada que vai para baixo da terra com um monte de pessoas descendo apressadas e a gente já está na estação, com um metrô indo de um lado e outro vindo do outro. Papai tinha razão, foi *mó* fácil chegar até a torre, e foi bem rápido também, até que enfim.

A gente saiu da estação por uma escada que sai lá debaixo da terra e, que sensação! Uma torre enorme, enorme, toda de ferro, estava bem na nossa frente. Nunca vi algo tão alto.

— Parece até mais alta que o Pão de Açúcar — comentou a mamãe.

— É certamente mais baixa — respondeu o papai. — Não vamos exagerar.

— É uma das novas maravilhas do mundo moderno? — perguntou a mamãe. — Eu sei que o Cristo Redentor é.

— Itaipu, a usina, merecia também — disse papai.

Eu não estava interessado na discussão cultural deles, fiquei só olhando para a torre e me sentindo menor do que já sou. Quando a gente estava andando em direção a ela, reparei que tinha muita gente debaixo e perguntei ao papai o que aquela gente toda estava fazendo e ele me respondeu que faziam fila para subir até o topo da torre Eiffel.

Não havia apenas uma fila, mas três! E que filas! Todas as filas que a gente fez desde o começo da viagem eram curtinhas comparadas com estas. Acho que se cada uma delas fosse para cima, chegava mais alto que a Torre. A gente ficou numa fila, a que pareceu menos comprida. E, daí, vocês não vão acreditar: na frente da gente estava o homem gordo que mexia bruscamente com o encosto de sua poltrona na frente do papai no avião. Ele reconheceu a gente e a gente reconheceu ele. Pensei que papai ia dar uma bronca nele pela falta de ética, mas não! Começaram a conversar como velhos amigos e ficamos sabendo que ele era brasileiro, que morava numa outra cidade, e que ele também achava, como o papai e a mamãe, que o mundo era pequeno e que o Brasil era o melhor lugar deste mundão de Deus. Enquanto os pais da gente faziam fila e conversavam com o homem gordo, eu e a Júlia fomos passear um pouco pelo lugar. Tinha uma loja e a Júlia logo quis entrar e comprou uma Torre Eiffel bem pequena, prateada e com um termômetro do lado de fora. Eu comprei para mim um boné escrito *I Love Paris*, sem abinhas, mas muito legal. De vez em quando, a gente voltava para onde estavam nossos pais para ver se estava na hora de subir na torre, e deu para dar voltas e mais voltas por ali até que nossa fila chegou perto da entrada. A gente não sobe a pé – ainda bem –, mas de elevador. Um elevador grande e esquisito, que começa a subir meio deitado.

A gente subiu, subiu, subiu de dar vertigem, como disse a mamãe. Lá em cima, tinha muita gente e uma vista *grandiosa*, também como disse a mamãe. Dava para ver Paris inteirinha, genial. O papai, a mamãe e a Júlia tiraram fotos e mais fotos, e, quando a gente desceu da torre, eles foram à loja comprar cartões-postais, um monte. Vai entender!

Voltamos para o hotel bem cansados e com vontade de dormir. Antes, a gente comeu num pequeno restaurante pertinho dali, aquele das rãs que eu já falei antes. Eu não comi rã porque prefiro salsicha e macarrão. Ainda bem, porque as rãs parecem pequenos homens deitados no prato e me daria medo de comer aquilo ali. Acho que o papai, a mamãe e a Júlia não gostaram muito da novidade, porque disseram que era *interessante*, e a gente não fala isso quando gosta de verdade.

Depois das rãs, do macarrão e dos sorvetes, fomos direto para o hotel e assim demos nossa primeira dormida na França.

No dia seguinte, depois dos *croissants* e do suco de damasco, a gente foi para um museu, como estava escrito na caderneta do papai. O museu se chama Louvre. Deu para ir a pé, porque era pertinho do hotel, e o papai, a mamãe e a Júlia levaram uma garrafinha de água cada um. Foi nessa caminhada que eu aprendi para que servem os desenhos no chão chamados de faixa de pedestres e que também tem no Brasil: é para turista atravessar a rua em paz com a vida.

O Louvre é muito grandão e fica debaixo de uma pirâmide de vidro que deve ser muito antiga. Para entrar parece aeroporto: além da fila, onde se escutam várias línguas, tem que passar as bolsas e mochilas num túnel com gente espiando atrás. E daí tem que comprar as entradas numas máquinas especializadas para isso. A gente ganha também um mapa do lugar pra saber onde ficam as coisas. Papai queria logo ver um quadro da Lisa, mas mamãe e a Júlia preferiram ver primeiro as coisas do Egito. Foi muito interessante e comprido: a gente viu esculturas enormes e pequenininhas, colares, brincos, pedaços de parede, caixões, gatos de pedra, pratos, tigelas e até múmias muito velhinhas. Era tanta coisa que perguntei à mamãe se a França tinha comprado o Egito e foi a Júlia que respondeu, falando de um general chamado Napoleão que tinha ido invadir o Egito, tinha gostado de lá e tinha trazido muitas recordações. Muitas mesmo! Além de recordações do Egito, tinha também da Grécia, da Mesopotâmia, de Roma, da Pérsia e de outros lugares mais, que a gente também viu, só que andando mais rápido. Tão rápido que mamãe acabou escorregando e caiu no chão. A Júlia se precipitou para ajudá-la a levantar e para consolá-la disse que é melhor cair de bunda em Paris do que de joelhos em Jundiaí. Mamãe concordou e levantou.

Então papai disse que estava na hora de ver o retrato da Lisa e a gente concordou e foi à procura dela.

Chegamos numa escada onde tinha uma estátua enorme, sem cabeça, mas com asas, muito legal e impressionante e mamãe disse que a gente estava na frente da famosa Vitória de Samotrácia. Não sei por que Vitória, já que ela perdeu a cabeça, mas isso foi há muito tempo. Foi um bom sinal encontrar a Vitória porque começaram a aparecer flechinhas indicando a direção da Lisa. Ela deve ser muito famosa para ter flechinhas só para ela. Mas até chegar nela, a gente pôde ver um monte de quadros. Reparei que havia muitos quadros com violência (com guerras, facas, espadas, sabres, pistolas, fuzis e coisas assim) e também muitos quadros com mulheres com pouca roupa ou até sem nenhuma. Achei estranho, porque lá no Brasil não me deixam ver nada disso (dizem que "não é para a minha idade"), mas na França pode. Legal ser turista! Então aproveitei e me demorei na frente de alguns quadros, aqueles de briga.

Demorei tanto que, quando fui procurar papai, mamãe e a Júlia, não vi mais eles! Andei para frente, para trás, olhei em todas as direções, mas nada deles.

Pensei: estou perdido na França.

E estava mesmo. Nada de ver minha família no meio dessa gente toda. É claro que fiquei com vontade de chorar, mas consegui segurar, nem sei como. Pensei que eles iriam ficar desesperados de me perder, que até a Júlia ia ficar triste, pensei que eles iam me procurar em todo lugar, que não iriam para Londres sem mim, e que tudo ia dar certo, mas que podia não dar. Então comecei a andar pelo Louvre à procura deles.

Minha primeira ideia foi procurar onde ficava a Lisa, porque papai disse várias vezes que não dá para ir para a França sem ver ela, e eles deviam estar por lá. Segui as flechinhas até chegar numa fila cheia de gente com câmeras digitais e pensei que devia ser para ver a Lisa, então entrei na fila. Acabei chegando na frente do famoso quadro. É de uma moça que também se chama Mona e que tem um sorriso engraçado, sei lá, meio gozador. Deve sorrir desse jeito de ver tanta gente fazendo fila na frente do quadro dela.

A fila foi me empurrando para longe da Lisa, olhei bem para todos os lados, e nada de minha família! O que fazer agora? Resolvi continuar andando, mas para qualquer lado, porque eu não lembrava de outro quadro famoso na frente do qual papai, mamãe e a Júlia poderiam estar. Cheguei na frente de uma estátua com muita gente em volta, uma tal de Vênus de Milo, que, diferente da Vitória, tem cabeça, mas não tem braços. Tem muita estátua de pessoas deficientes no Louvre porque sempre falta isso ou aquilo, até nariz e pipi. Andei, andei, subi escadas, desci escadas, vi um monte de coisa, um monte de quadros, um monte de estátuas, um monte de objetos bem antigos, um monte de gente, mas nada dos meus pais e da Júlia. Comecei a ficar triste, sentei e comecei a chorar.

Chorei bastante e daí chegou um homem vestido de guarda, que olhou bem para mim e me disse alguma coisa em francês que eu não entendi. Como pensei que ele poderia me salvar, resolvi falar meu nome pronunciando errado para ele entender: "*Je*, Tomás Ladacá. *Je*, Tomás Ladacá". *Je* em francês quer dizer *eu* em português – eu sabia porque a Júlia tinha me ensinado. Funcionou: o homem me pegou pela mão e foi me levando pelos corredores do Louvre até a gente chegar aonde se compram as entradas.

E lá estava a mamãe, que, quando me viu, gritou, correu – sem escorregar –, me abraçou e falou *merci* para o guarda, que sorriu e foi embora.

– Onde é que você estava, Tomás? Fiquei tão preocupada.

– Me perdi, mas andei, andei, falei até francês e consegui um jeito de encontrar vocês – disse eu todo orgulhoso. – E também vi a Lisa.

Mamãe então me contou que papai e a Júlia tinham ido cada um numa direção para me procurar, pegou o celular dela e ligou para eles para dizer que estava tudo bem. Em seguida, ligou para Vô Chico para avisar que eu tinha reaparecido.

Quando ficamos todos reunidos de novo, felizes, o papai disse que, depois dessa aventura, para ele chegava de ver o Louvre. A mamãe e a Júlia concordaram e a gente foi embora.

Depois fiquei sabendo que só eu vi a Mona Lisa.

***

Ficamos mais um dia em Paris, quando passeamos por uma grande avenida chamada Champs-Elysées, que os franceses dizem ser *a mais bela do mundo*, mas papai achou que não valia um eixo monumental de Brasília. E também fomos a uma loja enorme chamada Galeries Lafayette, onde ficamos um tempão para fazer compras. Tentamos entrar num outro museu que parece estação de trem, mas a fila era tão grande que não deu, então a gente ficou andando nas margens de um rio que tem em Paris e onde passam barcos bem chatos e bem compridos, e daí a gente comeu e voltou ao hotel para fazer as malas para ir à Inglaterra, que fica depois do mar.

No dia seguinte de manhã, quando a gente chegou ao aeroporto, a gente reparou que não havia fila, mas havia muita, mas muita gente mesmo, andando para todo o lado. Uma bagunça.

— Está estranho — disse a Júlia. — Vou ver o que está acontecendo.

E ela foi e quando voltou explicou que os funcionários do aeroporto estavam em greve, que nenhum avião decolava e que tudo deveria voltar ao normal em 24 horas, talvez.

— Que falta de ética! — disse papai.

— E agora? — perguntou a mamãe. — O que vamos fazer?

— O jeito é voltar para Paris e ficar mais um tempo por lá — respondeu a Júlia.

— E tem mais coisa para ver em Paris? — perguntou o papai.

Eu sou turista (4)
ESTAMOS DE VOLTA

— Que bom estar de volta ao Brasil — disse o papai.

— Que bom mesmo — falou a mamãe —, essas viagens são tão cansativas! Maravilhosas, mas muito cansativas.

— E o Brasil é mesmo o melhor lugar do mundo — acrescentou meu pai.

— Apesar do governo, da miséria, dos impostos, da corrupção, da seca etc., e da falta de cinzeiro nesta casa — falou Vô Chico.

— Ainda tem seca no Brasil? — perguntou a Lua, a nova companheira de Vô Chico. — Eu nunca mais ouvi falar nela. Será?

— Para mim, o melhor lugar do mundo é o meu quarto — falou a Júlia, minha irmã. — Vou para lá um pouco para ver se está tudo do jeito que eu deixei antes de viajar.

— Não se preocupe, Júlia — respondeu a Mariflores, nossa empregada. — Trabalhei direitinho, não mexi em nada, eu hein, pode conferir.

— Mas contem, como foi essa maravilhosa viagem? — perguntou a Lua. — Estamos curiosos para saber das novidades. No avião, foi tranquilo?

— E o cinzeiro? Pousa ou não pousa?

***

Assim começou a conversa logo depois de nossa volta.

Ontem, a gente chegou ao Brasil às 7 horas e 48 minutos daqui, e fizemos algumas filas mais até chegar em casa, *sãos e salvos*, como comentou a mamãe. É verdade, no voo de volta nem turbulência teve direito, e o piloto pousou tão de mansinho que eu precisei olhar pela janela para ver se a gente estava mesmo no chão, e estava. O Vô Chico e a Lua — a psicanalista da ONG que ajuda professores que não têm vocação — vieram até em casa para ver a gente, para almoçar e para perguntar da viagem e das muitas cidades da Europa que a gente foi: Paris (onde me perdi e me achei), Londres (depois da greve), Lisboa, Barcelona, Roma, Veneza, Atenas.

— De qual cidade vocês gostaram mais? — perguntou Vô Chico, acendendo seu primeiro cigarro.

— Paris! — logo respondi.

— Ah, Pari — falou a Lua, pronunciando errado. — Terra de Nostradamus e de Jacques Lacan. Boa escolha, Tomás.

— Esses dois, a gente não viu — eu falei. — Mas deu para ver a Lisa, a Vitória, a Milo e um monte mais de mulher e de homem sem roupa ou sem um pedaço do corpo. Mas o mais legal é que eu me perdi na França.

— Eu lembro, a Norminha me ligou do *Musê du Luvre* — falou Vô Chico, pronunciando tudo errado também. — Ela estava desesperada e eu a acalmei. Quando eu era criança, também me perdi, mas foi em Roma. Eu já contei essa saga?

Como ele ainda não tinha contado, ele contou. Uma história demorada e tão cheia de heroísmo da parte do Vô Chico que acabei achando a minha aventura francesa muito sem graça e nem falei mais sobre ela. Também ninguém mais perguntou.

— E você, Valc.... Giovane, de que cidade mais gostou?

— Londres. Eu...

— Ah, London! — falou Vô Chico, errado de novo, que coisa! — Vocês evidentemente foram ver o famoso estúdio de gravação, o Abbey Road, e tiraram foto atravessando a rua na famosa faixa de pedestres.

— ...

— Não!? Ah, que lacuna! Ir a Londres e não ir até a Abbey Road. Comeram barriga.

Daí ele contou que tem uma foto dele atravessando a tal rua e cantando *"Michelle, ma belle, são de mo qui vão trê bian ensembel"*, ou uma coisa assim, e perguntei à mamãe se *Michellemabelle* era uma ex-esposa dele, e ela falou que não, que era uma música dos Beatles. E daí voltou a Júlia e ela logo comentou que tirar foto na faixa de pedestre em Londres era *mó* fácil, e que ela queria ver se Vô Chico teria a coragem de fazer a mesma coisa no Brasil.

— Tinha que cantar *Help* — ela acrescentou.

— E você, Júlia, de que cidade mais gostou? — perguntou a Lua.

— Barcelona. Tem uma arquitetura meio estranha, mas é o maior barato.

— E que time! — falou papai. — Infelizmente, a gente não cruzou com nenhum jogador famoso por lá. Azar, mas foi interessante conhecer essa parte da União Europeia.

— E já que ninguém pergunta para mim, eu mesma vou falar do que mais gostei – disse mamãe.

Ela esperou um pouco, até que Vô Chico perguntou qual era então a cidade de que ela mais tinha gostado e daí ela continuou:

— Adorei todas!

— ...

— Paris é deslumbrante, Londres é majestosa, Roma, Roma, como dizer, é excitante...

— Os homens italianos mexeram com você, eu sabia. Eu avisei, lembram? – disse a Lua, cheia de si.

— Não chegaram nem perto da Norma e da Júlia – falou o papai.
— Só faltava!

— Um italiano me deu um beliscão, mas papai tem razão, foi de bem longe – disse a Júlia sorrindo vermelha.

Mamãe logo continuou a falar:

— Não se trata dos homens, eu achei Roma excitante só de pensar que passaram por lá pessoas importantes como, como, sei lá, como Calígula, Boccaccio, Casanova, Marcello Mastroianni, ... quem mais?

— Ah! – disse a Lua olhando para a mamãe.

— Leonardo da Vinci, Michelangelo, Caravaggio – acrescentou a Júlia.

— Rita Pavone, Pepino de Capri, Sergio Endrigo, e também Gramsci – falou o Vô Chico.

— É – continuou a mamãe –, Roma foi um banho de cultura. Agora, também adorei Lisboa, muito linda e aconchegante, e também

Veneza, tão romântica. Gostei das outras também, mas o que mais me impressionou por lá foi ver que é tudo tão certinho, tão organizadinho, tão limpinho. As pessoas se comportam direitinho, excelente exemplo para o Tomás e a Júlia, não é, crianças?

Gozado, eu não tinha prestado atenção nisso, mas a Júlia sim porque ela falou:

— Concordo, até as greves são bem organizadas. Lembram da de Paris? Um primor.

— Júlia, é a regra que confirma a exceção. Aliás, o contrário — falou a mamãe.

— A greve foi um inferno — disse o papai —, uma falta de ética e de consideração com os turistas. Nós não temos nada a ver com os problemas deles. Aliás, nem sei que problemas. Na União Europeia, tudo é tão rico. Foi isso que me impressionou: a riqueza.

— Papai, a gente viu pobres também, e não poucos — lembrou a Júlia.

— É verdade, mas se você reparar bem, pobre é tudo estrangeiro. É pobreza importada. Eles deviam fechar as fronteiras.

— E como é que a gente ia sair de lá? — perguntei.

— Com a gente é diferente, Tomás. A gente faz a coisa certa: pega dinheiro aqui e entrega lá, com honestidade. Turista não exporta pobreza, pelo contrário, exporta riqueza. É um fator de desenvolvimento econômico, ele agrega valor.

— *Tá* certo o Giovane — falou o Vô Chico. — Turista deixa a pobreza por aqui mesmo. Seria uma verdadeira falta de delicadeza da parte dele levá-la para esses países que o recebem de braços abertos, e daria excesso de bagagem. E o dinheiro que ele gasta no exterior não faz mesmo falta por aqui, porque nas lojas de nossas cidades não aceitam dólar, nem euro, nem franco suíço, nem libra, nem...

— Você está sendo irônico, não é? – perguntou o papai.

— Bidu!

— Mas você não pode falar nada, nem dar lições de economia, porque você viaja pra burro pro exterior.

— Mas comigo é diferente. Viajo meio como antropólogo.

— E estuda os povos que atravessam a Abbey Road – falou a Júlia.

— Brotinho, fique sabendo que...

Mas ele não conseguiu explicar o que era para a Júlia ficar sabendo porque a Mariflores avisou que o almoço estava pronto, bem na hora, segundo a mamãe e a Lua.

Ela tinha preparado feijoada para festejar a nossa volta, menos para mim e para a Lua, que é vegetariana. Comemos macarrão. Macarrão com molho italiano, disse a Mariflores, que achei igual ao que tem no Brasil. Durante o almoço, os adultos falaram do Brasil e o Vô Chico comentou que nada tinha acontecido de importante durante o mês de julho. O papai falou que sabia disso porque acessava a internet todo dia com seu computador e com seu celular, e que devia ter sido um mês muito chato para quem ficou no Brasil.

— Espero que aconteça algo este mês – acrescentou ele.

— Não se preocupe, pai – disse a Júlia. – Quando os jornalistas voltam de férias as coisas também voltam a acontecer.

Depois do almoço, Vô Chico e Lua quiseram ver as lembranças e as fotos que a gente tirou. A gente já tinha dado antes um presente para cada um. Vô Chico ganhou uma reprodução bem grande da Mona Lisa. Ele falou "que surpresa" e comentou que ela era um pouco mais escura que aquela que ele já tinha, que já estava meio desbotada, mas que ainda sorria um pouco. A Lua ganhou um grande lenço de cabeça cheio de coliseus desenhados e foi melhor do que o presente para o Vô Chico, porque ela não tinha um igual. Os dois juntos também ganharam um presente de casamento: uma dúzia de porta-copos com fotos iguais do Big Ben, mas marcando uma hora diferente em cada um deles. *Mó* diferente. Agora era a hora de mostrar as lembranças e as fotos.

Era um montão de lembranças. Camisetas, chaveiros, bonés, canetas, e outras coisas mais. A lembrança preferida do papai foi uma coleção de reproduções de notas de libra esterlina. Mamãe não sabia se preferia um calendário com fotos de crianças do mundo inteiro ou uma pequena Torre Eiffel dentro de uma bola de vidro que faz neve quando alguém a sacode. A Júlia gostou mesmo de uma roupa indiana que ela comprou em Londres e a Lua perguntou se ela lhe emprestaria um dia. O que eu mais gostei foi de um quebra-cabeça com a foto da Lisa porque me lembra minha aventura francesa e também porque eu fui o único da família a ver a moça de sorriso gozador.

Na hora das fotos, a gente ficou em volta da tela do computador, e Vô Chico falou que era melhor antigamente porque as pessoas passavam as fotos de mão em mão, ou projetavam na parede da sala.

As primeiras fotos da viagem foram de Paris, e a Lua pediu para ver as do Sacré Coeur de Montmartre.

— Sacrê o quê? — perguntou papai.

— Não acredito, não foram ao Sacré Coeur? — perguntou Vô Chico. — Que lacuna. Então mostra as fotos do Marais.

Também não tinha foto da "maré", como não tinha de mais lugares de Paris, que é maior do que eu pensava. Quando chegou a vez de Londres, a Lua quis ver foto do Museu da Madame Tussaud para ver se tinha uma estátua de cera do Lacan, mas a gente não tinha ido a esse museu e a Lua ficou sem saber.

— Vocês deram um pulo em Cambridge, espero — falou Vô Chico —, é do lado de Londres. Seria uma lacuna...

— Não deu tempo — respondeu papai meio bravo. — Vamos continuar a ver as fotos.

Na hora de Veneza, Vô Chico perguntou se tinha alguma de Murano, uma maravilhosa ilha, e novamente a gente teve uma lacuna e papai foi ficando mais bravo e passando as fotos mais rapidamente. Para as demais cidades, foi a mesma coisa: sempre faltava alguns lugares famosos que Vô Chico e a Lua conheciam, mas acho que não tem problema: de repente, o ano que vem, a gente volta para a Europa, fica mais um mês e daí conhece tudinho.

E hoje eu fui à escola no Campinas-Jundiaí, o carro da mamãe, para rever meus amigos. Levei meu boné francês escrito *I Love Paris* que deixei bem no fundo da mochila para não levar castigo, e levei também o quebra-cabeça da Lisa para mostrar para todo mundo.

Logo encontrei o Felipe, meu melhor amigo, e disse:

— Felipe, adivinha onde eu fui nessas férias? Fui para a União Europeia.

— Legal — respondeu ele. — Eu fui para o Canadá.

— ...

— Para o Canadá. Não conhece? Fica *mó* longe e tem que ir de avião.

— Então você viu um país só; eu vi cinco.

— Mas o Canadá é, sozinho, maior que a Europa inteirinha.

— Mentira!

— É sim, eu sei — falou o Marcos, outro melhor amigo meu que tinha acabado de chegar. — Eu sei porque eu fui aos Estados Unidos, que fica do lado do Canadá, e que é maior e mais importante que a Europa e o Canadá juntos, e tem o Alasca.

— Está louco!? — retrucou o Felipe. — O Canadá é maior que os Estados Unidos, eu vi no mapa.

— Vamos apostar?

Mas não deu tempo de que eles apostassem porque chegou o Renato, também melhor amigo da gente, que falou que foi para a Argentina. Daí chegou mais gente, tudo turista como nós. A Marcela foi para o México, o Samuel para Israel, a Amanda disse que também foi para a Europa (mas a gente não encontrou ela por lá), a Fátima para o Egito, o Leonardo para a Índia, o Seije para o Japão, e mais gente para outros lugares mais. Acho que não ficou ninguém no Brasil.

Então eu perguntei:

— Vocês fizeram muitas filas?

— MUITAS — responderam todos de uma vez só, menos o Bruno.

— Bruno, você não fez fila? Como conseguiu? Onde você foi?

— Para Penápolis.

Deve ser um país que ninguém ainda conhece.

A história da família (1)
A RAÇA

A nossa professora, a Aninha, resolveu dar para a gente um trabalho diferente: pesquisar sobre as nossas famílias.

— Queridos alunos — disse ela um dia —, para vocês entenderem a importância da História, nada melhor do que aprenderem coisas sobre as suas próprias histórias, não acham?

— Eu acho — disse o Felipe. — Mas eu já sei tudo de minha história, não preciso aprender: sei quando nasci, sei onde nasci, fica perto daqui, posso dar o endereço para quem quiser nascer por lá, e sei até como eu nasci, mas demorou um pouco para me contarem a verdade.

— Eu também — falou o Marcos. — Já sei tudo porque eu lembro. Se a senhora der uma prova amanhã sobre minha história, não vou nem precisar estudar. Está tudo aqui, ó.

E ele bateu com a mão na cabeça dele.

— Mentira — falou a Marta. — Vocês não se lembram de tudo porque, quando a gente é bebê, a gente não decora nada. Quer ver? Vocês lembram qual o sabor da primeira papinha que tomaram? Lembram, hein?

— Foi Nestlé, eu lembro — falou o Felipe. — Viu?

— Nestlé não é sabor, ó meu — falou o Leonardo. — É marca.

— É sabor também porque meu pai fala que essas papinhas Nestlé têm todas o mesmo gosto.

— Mas você lembra que dia você tomou a primeira papinha? — perguntou ainda a Marta.

— Não, mas tanto faz, porque não faz diferença para a *minha* história. Não enche.

Antes que as coisas esquentassem, a Aninha falou que a gente não tinha entendido direito: não era a nossa história pessoal que importava, era a história de nossa família, de nossos pais, avós, bisavós e mais velhos ainda.

— Como é que vou saber se eu ainda não tinha nascido? — perguntou o Bruno.

— É justamente esse o trabalho que vocês vão fazer: pesquisar.

— Pesquisar onde? — eu perguntei. — Na internet não vamos achar nada, só quem tem pai ou mãe famosos está lá. Acho que ninguém na classe tem parente famoso.

— Eu tenho — falou o Téo. — Meu tio escreveu um livro, então ele é famoso, pronto. Vou achar na internet. Vocês que se virem.

— Não se trata de pesquisar na internet — falou a Aninha. — Vocês vão fazer a pesquisa realizando entrevistas.

— Como na televisão? — perguntou o Samuel.

— Sim, só que ao vivo.

— Na televisão também às vezes é ao vivo.

— Não é o que eu quis dizer. Vocês vão entrevistar seus pais, tios, avós, e eles vão contar para vocês a história de suas famílias. Em seguida, vocês farão um texto contando tudo para a gente.

— Legal – eu falei. – Vou entrevistar minha Vó Mercedes lá no sítio dela e depois vou subir nas árvores.

— E eu vou entrevistar meu avô Abdala – falou a Fátima. – Ele sempre me dá uns doces bem doces quando vamos visitá-lo. O problema é que ele é meio surdo.

— Eu vou falar com meu Tio Ernesto – falou o Alan. – Ele é do exército e vou perguntar o que ele faria se tivesse guerra entre o Brasil e a Argentina. Vai ser legal.

— Oba, vou até Porto Alegre, porque é lá que moram meus quatro avós – disse o Klaus. – Desculpe, mas vou ter que faltar uns dias na escola.

A gente estava gostando da proposta da Aninha, imaginando as perguntas que ia fazer e as pessoas que ia visitar, mas ela disse que assim ia virar bagunça, que ninguém precisaria faltar na escola e que ela tinha uma lista de pessoas e de perguntas que a gente deveria fazer. Ela entregou a lista e desejou um bom trabalho. Na lista estava escrito que a gente deveria começar pelos nossos pais. Deve ser porque em geral a gente mora com os dois juntos, e então fica mais fácil.

***

Voltei para a casa e logo quis começar a pesquisa, mas como o papai ainda estava na empresa dele e a mamãe ainda estava na escola fazendo reunião (quando tem reunião, eu volto para casa de "cuidado crianças" como o Vô Chico chama a perua escolar), eu resolvi treinar com a Mariflores, nossa empregada.

Ela topou responder à entrevista, então peguei a lista da Aninha, um lápis e um papel, e comecei a perguntar:

— Nome?

— Mariflores de Jesus.

— Filiação?

— Você quer saber o nome de meus pais?

— Sei lá. Deve ser isso. Pode falar.

— Meu pai chama Mariovaldo de Jesus e minha mãe chama Conceição, também de Jesus.

— Ok. Raça?

— Raça quer dizer cor da pele?

— Sim, foi isso que a Aninha disse que era.

— Então, sou negra.

— Negra? Negro não quer dizer bem preto? Se você é negra, o Pelé é o que, então? Você é menos branca que a mamãe, mas é menos preta que o Pelé, menos preta ainda que o Tião, seu marido.

— Eu sei, chamam as pessoas como eu de vários nomes: pardo, moreno, mulato. Mas não é raça. Ninguém fala "eu sou da raça morena", ou "eu sou da raça parda". O nome da raça é negro. Foi o que o Tião me ensinou e ele sabe porque faz parte de um movimento. Tem vários tons de negro.

— E quantos tons de branco tem?

— Sei lá, acho que um só. Ou é branco ou não é branco.

— Então tudo que não é branco é negro?

— Tem amarelo também: japonês.

— Não sei não: se você reparar bem, japonês não é amarelo. Não é branco, mas também não é amarelo. *Tá* mais para moreno, como o Seije, lá da escola. Então também é negro. Vou falar para ele.

— Ah não! Japonês é japonês, não é negro. Só faltava! Japonês nunca foi escravo! Não vem da África. Qual é? Eu hein!

— Você veio da África? Eu não sabia. Onde você nasceu? É a próxima pergunta da minha lista.

— Nasci em Vitória da Conquista, lá na Bahia.

— A Bahia não fica na África, fica no Brasil, que eu sei. Então você não é negra nem branca. Ficamos sem a resposta da pergunta da raça. Pensei que a entrevista fosse mais fácil. Logo na terceira pergunta já encrenca.

— Calma aí. Sou negra sim. Eu não nasci na África, mas meus antepassados nasceram. Com certeza.

— Tem pergunta sobre antepassado daqui a pouco. A gente volta ao assunto. Antes tem mais algumas. Vamos lá, próxima: quando você nasceu?

— Tomás, Dona Norma sempre diz que não se pergunta a idade para as mulheres. É uma regra social, como ela fala.

— Mas está no questionário, e se eu não fizer a pergunta, tiro nota ruim. Acho que a Aninha não conhece essa regra da mamãe.

Mas a gente está treinando, tudo bem. Próxima pergunta: o que faz na vida profissional? Isto eu já sei: empregada.

— Prefiro que me chamem de "profissional de apoio doméstico".

— Você apoia a gente?

— Nossa, e quanto!

— Tudo bem. Próxima: no caso de não ter nascido por aqui, por que está aqui?

— Vim ainda pequena para cá com meus pais que procuravam emprego porque lá na Bahia, não tinha. Vim eu, meu pai, minha mãe e meus oito irmãos.

— Oito? Seu pai casou muitas vezes como o Vô Chico?

— Não, é tudo legítimo irmão. Tudo negro também, é claro.

— Próxima: onde nasceram seus pais? Foi na África?

— Ainda não. Foi em Vitória da Conquista também.

— Qual a profissão de seus pais?

— Meu pai, eu não sei atualmente. Ele era cobrador de ônibus. Um dia, voltou para a Bahia e não tivemos mais notícias dele. Minha mãe teve que cuidar da gente sozinha, trabalhando de faxineira.

— É a mesma coisa que "profissional de apoio doméstico"?

— Mais ou menos, só que apoia uma família diferente a cada dia. Ela continua fazendo esse trabalho, mas menos, porque a gente ajuda com dinheiro. Ela já está ficando velhinha e cansada.

— Agora fala dos seus avós, os africanos. Onde nasceram?

— Também no Nordeste. São brasileiros.

— Acho que você está ficando cada vez mais branca, ou japonesa.

— *Peraí*. Essa história de africanos é antes deles, não sei bem o quanto antes, mas é antes. Vieram como escravos, tiveram filhos, netos, bisnetos, e outros mais e daí eu nasci.

— Vieram de que país? Você já foi pra lá visitar seus parentes?

— Não sei de que país, não havia registro. Mas que vieram da África, é óbvio, é só olhar para minha pele.

— Então, na África são morenos como você?

— Não, são bem pretos, pretos retintos. Uma beleza.

— "Re" o quê?

— Retinto. Quer dizer bem preto mesmo.

— Mas então, por que você não é retinta? O que aconteceu com você?

— Foi a mistura, a miscigenação. Negros tiveram filhos com brancos, foi isso.

— Então, tem brancos na sua família?

— Entre as pessoas da família que eu conheço, não. É tudo mais ou menos escuro. Mas, que teve, teve, senão eu era negra.

— Mas você falou que é negra!

— *Tô* falando agora no sentido de totalmente preto.

— Complicação. Tem uma coisa que eu não entendi: se tem branco na sua família, gente que não nasceu na África, por que você não é da raça branca também?

— Porque tenho pele escura, olha só para mim.

— Japonês também tem.

— Mas japonês nada tem a ver com a África, Tomás! Para com isso.

— Então, basta ter um africano só na família para ser negro?

— Um ou dois, acho que sim, porque, na cor da pele, eles sempre ganham.

— E japonês, que não é branco, também não ganha? Pode ter japonês na sua família, não pode?

— Para com isso, Tomás. Não tem. Aliás, eu reparei que japonês não ganha na cor da pele, mas ganha sempre nos olhos puxados. Se japonês tem filho com branco, o moleque pode nascer branco, mas terá olho puxado, não tem jeito. E eu tenho olho puxado?

— Nem um pouco.

— Viu? Tomás, agora tenho que voltar para o meu serviço. Acabou a entrevista?

— Só mais uma pergunta que a Aninha falou que era legal: tem alguma coisa importante, tipo aventura, que aconteceu na sua família?

— Ah tem! Tenho um tio-avô que foi cangaceiro. Mas não fale nada para o Seu Giovane, que acho que ele não vai gostar.

— Por quê?

— Porque muita gente acha que cangaceiro era bandido. Mas não era, eles lutavam pela justiça, faziam guerra aos ricos, roubavam fazendas, roubavam gado, matavam e brigavam com o governo.

— Você conheceu o tio cangaceiro?

— Não, eu não tinha nascido quando ele foi morto pelos soldados. Mas vi uma foto dele com uma espingarda.

— Legal! Ele era negro também?

— É claro. Era um mulato magrinho.

— *Mó* legal essa parte da sua história. Será que também tem um cangaceiro na minha família?

— Cangaceiro, duvido, mas pode ter outro tipo de pessoa importante, pacífica, eu imagino.

— Não, eu quero herói de verdade, com espingarda e tudo. Quero um cangaceiro.

— Pergunte a seu pai, que está chegando. Vou voltar para o meu serviço.

***

Naquele dia, não deu para entrevistar o papai e a mamãe porque já era muito tarde. Mas eles toparam me responder outro dia.

Durante o jantar, fiquei olhando bem para a mamãe, o papai e a Júlia. Reparei que a Júlia é bem branca mesmo. Mamãe também, mais branca ainda. Mas o papai... Fiquei olhando, olhando, e reparei que ele não é tão branco assim e que não tem olho puxado. Então eu avisei ele:

— Papai, você sabia que você é negro?

— Negro? Mas que... De onde você tirou isso, meu Deus?

— Olhando bem, a sua pele não é branquinha. Então é negro, eu sei.

— Negro? Que ideia.

— Você é pardo?

— Branco, Tomás, sou branco, como você.

— Moreno?

— Branco.

— Mulato?

— Branco, eu já disse.

— Qual a sua raça?

— Branca.

— Mas então por que você é um pouco mais escuro que a gente?

— ...

Daí a Júlia explicou:

— Papai é de uma raça que tem muito entre os empresários.

— Qual? – eu perguntei.

— Bronzeada.

A história da família (2)
O GUERREIRO

Eu acabei fazendo a entrevista da Aninha com a mamãe primeiro, porque o papai foi viajar a negócios, com avião, hotel com estrelas e tudo mais, como ele diz.

Foi bem fácil porque a mamãe respondeu tudo rapidinho e direitinho. Fiquei sabendo que, na vida dela, tudo é normal. Ela nasceu de parto normal, foi uma criança normal, bem-comportada, foi uma adolescente normal, com alguns problemas de identidade, mas isso é normal, e acabou estudando numa escola que também se chama Normal, e é normal que tenha estudado lá porque, no caso dela, ser professora é uma vocação. A única coisa que ela considera anormal na vida dela são os casamentos em repetição do Vô Chico, mas é anormal de leve porque, afinal, ela nada tem a ver com isso. Ela me disse que se casou com o homem da vida dela, o papai, que foi o primeiro namorado dela para valer, e que chegou adiantada no dia do casamento deles na igreja. Quando perguntei da raça, ela confirmou que é branca, e eu também acho que ela é. E eu perguntei:

— O papai não é tão branco assim, você não acha? E esse negócio de bronzeado é piada da Júlia, não é?

— Pergunte para ele, Tomás.

— Mas o que você acha?

— Não acho nada, pergunte para ele. Acabou a entrevista?

Tinha acabado sim, porque ela disse que era melhor eu fazer diretamente aos antepassados dela as perguntas sobre eles.

***

Comecei pelo Vô Chico, pai da mamãe, que veio em casa no domingo, com a nova companheira dele, a Lua. Mas, para ela, eu não perguntei nada, porque ela acabou de casar com Vô Chico, então não vale.

— Uma entrevista — ele disse —, joia! E eu já dei tantas. Júlia, fica com a gente que você vai aprender muitas coisas. Mas, antes de começar, *cadê* o cinzeiro e o uísque? Norminha?

Vô Chico foi servido, como diz a Júlia, e eu logo perguntei da raça, a pergunta mais difícil da lista da Aninha.

— Raça? Esquerda — disse Vô Chico. — Raça em extinção.

— E de que cor é isso?

— Vermelho!

— Como índio americano, os peles-vermelhas? Os guerreiros?

— Isso mesmo, ser de esquerda virou programa de índio — falou Vô Chico rindo.

— Vô Chico, não estou entendendo nada — eu falei. — Tem índio na nossa família?

— Não, eu estava brincando. Esquerda não é raça, é uma maneira de falar.

— E o que é?

— Esquerda é posição política.

— Como assim?

— *Deixa* eu explicar. É simples: ser de esquerda é lutar pela justiça social, lutar pela distribuição de renda, pela liberdade, pela solidariedade, pelo fim da violência, pelo fim da alienação das classes trabalhadoras, pela democracia real. Que mais? É lutar pela saúde para todos, pela educação gratuita para o povo, pelos direitos das minorias, pela condenação do racismo, pelos direitos humanos, pelo cuidado com o meio ambiente, pela emancipação da mulher e outras coisas mais. Norma ou Lua, traz mais um gelo para mim!

— Ser de esquerda é ser do bem, então? — perguntou a Júlia.

— Se você quiser.

— Logo, quem não é de esquerda não é do bem; lógico, não é? — continuou ela. — Preciso avisar o papai.

— Não faça isso Júlia, pelo amor de Deus. Ele vai cortar meu uísque! Não é bem assim. *Deixa* eu explicar. Tem gente boa que é de direita. Claro que tem. Mas estão equivocados. São ingênuos, manipulados pela classe dominante. Falta a eles cultura política. Entendeu? Não? São presas da ideologia dominante. São moralistas porque não percebem que tudo é POLÍTICO. POLÍTICO, entendeu agora? Ainda não? Mas *deixa* pra lá. Com o tempo você vai tomar consciência. Um dia cai a ficha. Vamos continuar a entrevista do Tomás. Qual a próxima pergunta?

— Ainda é a mesma que não foi respondida de verdade: qual a sua raça?

— Esse negócio de raça é complicado.

— Já percebi.

— No sentido biológico do termo, não tem raças entre os seres humanos.

— Mas está escrito para perguntar, então é que tem!

— Tem, mas no sentido POLÍTICO. E aí o que vale é a cor da pele, para separar opressores de oprimidos.

— Qual a sua cor, então?

— Branco, eu sou bem branco. Infelizmente, talvez.

— Também acho que infelizmente, porque ia ser bem diferente ter um índio guerreiro na família — eu disse.

— Mas nós temos um guerreiro. Índio não, mas guerreiro, sim.

— Ah, legal! Quem?

— Eu.

— O senhor participou de uma guerra?

— Sim, contra a ditadura militar, contra o governo.

— Que nem cangaceiro? O senhor foi cangaceiro?

— Não exatamente, Tomás. *Deixa* eu explicar. Havia no Brasil uma terrível ditadura militar e algumas pessoas indignadas com a repressão sangrenta resolveram fazer de tudo para derrubá-la. Eu fui uma dessas pessoas.

— Conseguiram vencer?

— Sim. Foi demorado, mas conseguimos. Tanto que agora temos democracia, e se não fosse a gente...

— O senhor ganhou uma medalha?

— Não, não havia esse negócio de medalha.

— E o senhor foi preso?

— Quase, Tomás. Quase, várias vezes. Mas eu nunca consegui... Quero dizer, eles nunca conseguiram me pegar.

— O senhor tem foto sua com espingarda?

— Não, Tomás. Havia o pessoal da luta armada, mas eu fazia parte de outro grupo, que discordava dessa estratégia. A gente achava que era inútil encarar os militares de frente porque o buraco era mais embaixo. Então, a gente organizava o movimento de massa, na universidade — eu fazia Sociologia. Nossa alternativa era fazer reuniões com os estudantes para conscientizá-los.

— E assim, de reunião em reunião, derrubaram a ditadura? — perguntou a Júlia.

— Ah, Júlia, não esculache! *Deixa* eu explicar. Conscientizamos os estudantes primeiro e depois colocamos o movimento estudantil na rua para conscientizar a população, fizemos a massa fazer passeatas. Foi bravo porque a ditadura colocou a tropa de choque em cima da gente, e aí dá-lhe cacetada, gás lacrimogêneo e até tiros. Verdadeiras batalhas. E quando nós saímos da universidade, formamos, na clandestinidade, as novas gerações de militantes de esquerda. E vencemos.

— Então foi a esquerda que derrubou a ditadura? — perguntou a Júlia.

— Basicamente, sim — respondeu Vô Chico.

— E por que a educação continua ruim, a saúde também? Por que tem tanta violência? Por que há aquecimento global? E por que há racismo?

— *Deixa* eu explicar. Uma geração não pode resolver tudo sozinha. Fizemos a nossa parte. Agora é com vocês, os jovens. Mas vocês não querem saber de nada. Só querem consumir, viajar, se divertir.

— E o senhor ganhou bastante dinheiro sendo guerreiro, não é? — perguntei.

— Como assim?

— O senhor comprou um sítio, um apartamento, uma supermoto, é turista faz tempo, viaja o tempo todo, tem um monte de livros, de CDs e de DVDs — expliquei.

Então Vô Chico ficou meio bravo e explicou que tudo isso era fruto do trabalho dele, nada tinha a ver com ter sido guerreiro, que ser de esquerda não era fazer voto de pobreza e que ele queria que o povo pudesse, como ele, consumir, viajar e se divertir. Nessa hora, a Júlia disse que ia dizer uma coisa importante, mas não deu porque chamaram a gente para almoçar e daí ela falou *"deixa pra lá"*.

A entrevista foi superlegal, tão legal que eu quase me esqueci de perguntar dos antepassados do Vô Chico para saber se tinha cangaceiros de verdade entre eles. Depois do almoço ele me disse que não tinha nenhum outro guerreiro na família, que os pais dele tinham vindo da Itália e de Portugal e que não sabia nada de interessante sobre seus antepassados.

— É natural, somente teve duas guerrinhas mundiais por lá — falou a Júlia.

***

No outro final de semana, continuei a minha pesquisa da Aninha entrevistando Vó Mercedes, a primeira esposa do Vô Chico, e única que realmente vale segundo a mamãe. Ela mora sozinha um pouco longe, num sítio *mó* legal, cheio de árvores e com uma casa que ela mesma desenhou porque ela é arquiteta e desenha casas e prédios para todo mundo que paga para isso. Ela é bem diferente, com cabelos compridos e brancos e sempre com uma saia comprida e branca também.

Ela topou fazer a entrevista, mas já não gostou da pergunta sobre raça que é a mais difícil de todas porque só a mamãe respondeu sem complicar as coisas.

— Tomás, recuso-me a responder a essa pergunta. Raça não existe entre seres humanos, e são os chamados racistas que inventaram essa maneira de dividir as pessoas para desqualificarem alguns grupos. E, paradoxalmente, algumas pessoas empregam a tese racista para lutar contra os próprios racistas. Uma loucura. Não quero responder a essa pergunta e acho que a escola não deveria obrigar vocês a fazerem.

— Mas, e cor da pele? — perguntei.

— Cor da pele é cor da pele. Chama cor da pele, não raça. E não precisa perguntar! É só olhar para a pessoa. Qual a minha cor de pele?

— Branca.

— Pronto. É simples.

— Não sei não. Papai diz que é branco, mas eu não acho ele tão branco assim.

— Também acho ele levemente pardo, até em pleno inverno.

— Mas ele não concorda. Ele precisa trocar de óculos?

— Acho que ele preferiria quebrar o espelho. Mas pergunte a ele. Vamos em frente. Você vai perguntar onde eu nasci, imagino? Sim? Como você já sabe que foi no Brasil, vamos à próxima.

— A próxima pergunta não pode fazer para mulher.

— É sobre usar cueca samba-canção?

— Não tem pergunta sobre cueca na minha lista. Nem sobre música.

— O que é então?

— Sobre data de nascimento.

— E mulher não tem data de nascimento? Querem tirar até isso da gente!

— É que a Mariflores disse que a mamãe disse que isso não se pergunta para mulher.

— Ah! essa Norminha... Parece mais velha do que eu. Mas para mim não tem problema, e data de nascimento é importante porque situa a pessoa na história. Eu nasci dia 11 de fevereiro de 1942. Pode escrever.

— Faz tempo, não é Vó?

— Faz. E você sabe o que estava acontecendo em 1942?

— Copa do Mundo?

— Não. Era a Segunda Guerra Mundial. Meus pais, que eram espanhóis, fugiram naquela época e vieram para o Brasil.

— Tem algum guerreiro entre eles, como o Vô Chico?

— O Chico falou que era guerreiro? Sei... Guerreiro, de verdade, não conheço. Havia soldados, é claro, por causa das guerras. Eles não tinham escolha, por isso não acho correto chamá-los de guerreiros.

— Que pena.

— Mas uma coisa que pode ser interessante você saber é que seus bisavós, meu pai e minha mãe, eram anarquistas.

— Faziam muita bagunça?

— Como assim?

— A Aninha, minha professora, quando a gente faz bagunça na escola, ela dá bronca e diz que não quer anarquia na sala de aula. Mamãe lá em casa também fala a mesma coisa de vez em quando.

— Logo a sua mãe, que é descendente de anarquista! Ninguém desconfiaria. Mas pobre anarquia! Eu sei que às vezes se emprega essa palavra para falar em bagunça, mas anarquia de verdade não é nada disso. É uma opção política pela liberdade.

— Como a esquerda? Pelo que entendi, Vô Chico diz que estar do lado esquerdo é lutar pela liberdade e resolver todos os problemas do mundo.

— Esquerda? Oh, não! A anarquia propõe uma sociedade sem governo. Assim, os anarquistas são mal vistos tanto pela esquerda quanto pela direita, que querem o poder. Foi o que aconteceu na Espanha. Primeiro foram os comunistas que perseguiram os anarquistas, depois foi a ditadura de direita. Você sabia que seus bisavós foram presos?

— Vô Chico foi mais esperto e não foi.

— Não sei se foi tão esperto assim... Mas sorte dele, porque ser preso é coisa muito ruim. Quando saíram da prisão, ainda tiveram que fugir da Espanha.

— Por que vieram para o Brasil?

— Porque o Brasil tinha fama de ser um lugar onde pessoas de origens bem diferentes conviviam em harmonia.

— Mas não é verdade, eu sei.

— Como você sabe?

— Na classe tem o Téo e o Lucas que aprontam comigo e meus amigos o tempo todo, mas agora está melhor por causa da árvore.

— Da árvore?

— É, subi numa árvore, salvei a Irmã Carla que tinha subido nela, e eles me respeitam um pouco mais.

— Uma Irmã subiu numa árvore? Essa freira é meio anarquista também, imagino.

— Irmã Carla é uma gatinha. Eu treinei aqui no sítio e fui salvar ela.

— Parabéns, Tomás.

— Mais uma pergunta, Vó Mercedes. Anarquista é tipo cangaceiro?

— Não! Nada a ver. Mas, por que a pergunta? Você achou algum cangaceiro na família?

— Vô Chico disse que é um pouco, mas cangaceiro de verdade só achei na família da Mariflores, que não é realmente da família. Eu queria muito achar um cangaceiro para falar para meus amigos.

— Que ideia! E do lado do seu pai?

— Ainda não fiz a entrevista com ele. Ele nunca tem tempo e parece que não quer responder às perguntas da Aninha.

— Vai ver que é porque tem cangaceiro do lado dele.

— Seria *mó* legal. Será por isso que ele é levemente negro?

— Pergunte para ele.

— É minha última chance!

A história da família (3)
O SEGREDO

Finalmente consegui marcar a entrevista da Aninha com o papai. A Mariflores já tinha ido embora, a Júlia estava na casa do namorado e a mamãe tinha ido brincar de *hamster*, que é como a Júlia chama fazer esteira no clube. Peguei a minha lista de perguntas e comecei a pesquisa.

Como eu já sabia o nome do papai, que é Valceniro Ladaca, mas ele gosta de ser chamado de Giovane, e como eu também sabia os nomes dos pais dele, tem a Vó Mirna e o Vô Riobaldo, que a gente quase nunca vê porque moram bem longe lá no interior, logo perguntei da raça para ver se ela ainda era branca. Ainda era e eu não insisti.

— Tomás, você sabia que somos descendentes de russos?

— Sabia, Vó Mirna é russa.

— Na verdade, a mãe dela, a Vanda, é que era russa. Mas você sabia que ela fazia parte dos russos brancos?

— Brancos? E existe russo de outra cor? Existe russo negro?

— Que eu saiba não!

— Mas a Mariflores disse que basta casar com um negro que a cor pega, não na mulher, mas nos filhos dela. Não tem russo que casou com negro?

— Deve ter, Tomás, mas não na nossa família.

— É por isso que somos descendentes de russos brancos, então.

— Não, Tomás, russo branco nada tem a ver com cor da pele.

— Não é raça?

— Não. É opção política contra os "vermelhos".

— Tem russo vermelho? Tem russo guerreiro? Legal. Mas pelo jeito, não tem na nossa família, que é branca até na Rússia.

— Você não entendeu, Tomás. "Russos brancos" foi uma expressão criada pelos russos vermelhos, aqueles de esquerda, os comunistas que derrubaram o tzar e tomaram o poder.

— Vermelhos como o Vô Chico? Ele falou que era da esquerda e falou em vermelho também.

— Agora ele está mais para cor-de-rosa, eu diria.

— É, sobretudo depois do almoço. Vai ser difícil fazer o trabalho para a Aninha, com tanta cor.

Daí, papai me disse que estava me faltando competência e que eu estava fazendo uma baita confusão e eu não achei justo porque não é minha culpa se ninguém, além da mamãe, sabe responder normalmente esse troço de cor, raça e política.

— Calma, Tomás, vou procurar explicar. Houve na Rússia uma revolução sangrenta que instalou uma terrível ditadura.

— Como no Brasil. Vô Chico também falou nisso e ele ganhou dela.

— Ganhou de quem?

— Dela, a ditadura.

— Ele falou que ganhou da ditadura?

— É, ele e os outros estudantes clandestinos.

— Esse velho guerreiro!

— É isso mesmo, guerreiro velho, agora.

— Mas *deixa* eu continuar. A ditadura russa era o regime comunista, que adotou a cor vermelha como símbolo, e até criou um exército, o Exército Vermelho. Mas havia quem não gostasse desse regime, pessoas que preferiam as coisas como estavam antes, com o tzar.

— Star? Era um cantor de *rock*?

— Tzar, Tomás, não *star*. Era uma espécie de rei que foi derrubado pelos comunistas, que também se chamavam de bolcheviques. Eles, os bolcheviques, apelidaram os opositores de russos brancos. Minha avó, a Vanda, que ainda era criança, teve que fugir da Rússia com os pais dela, que eram russos brancos. Eles se chamavam Sergei e Lara. E vieram para o Brasil.

— Como os pais da Vó Mercedes, os espanhóis anarquistas. Todo mundo que foge vem para o Brasil?

— Bem observado, Tomás. É que no Brasil existem pessoas de origens muito diferentes e que convivem em harmonia. Isso atrai os estrangeiros.

— Na escola não, porque tem o Téo e o Lucas que só convivem bem entre eles dois. Deviam fugir para outro lugar.

— Bem, voltando, sua bisavó veio ao Brasil com os pais, e nunca mais voltou para a Rússia. Nem para passear.

— Casou com brasileiro branco ou de outra cor?

— Branquinho. Chamava-se João Paulo, e daí nasceu a sua avó Mirna, que é um nome russo em homenagem aos pais dela.

— E o Vô Riobaldo, vem da Rússia também?

— Não.

— De onde vem, então?

— Para a sua entrevista, não basta a parte da sua avó? Vai ficar muito comprido.

— Tem que ser comprido. Acho que quem levar a história mais comprida ganha a melhor nota. E eu ainda quero ver se tem cangaceiro na família. Na Rússia tem cangaceiro?

— Nada a ver. Cangaceiro é coisa brasileira.

— Então me fale do Vô Riobaldo. É um nome diferente. Vai ver que ele foi cangaceiro.

— Que ideia, Tomás!

— Fala dele, fala.

— *Tá* bom. De qualquer forma, é a sua família. Você tem que saber. Mas você promete uma coisa?

— Prometo sim. O quê?

— Que não vai colocar o que vou contar no seu trabalho e espalhar a história pela escola?

— Mas preciso escrever a história da família! Como vou fazer?

— É só não contar o segredo de nossa família.

— Tem um segredo!? Legal. Conta que eu não conto.

Nessa hora chegou minha irmã, que tinha voltado da casa do namorado, o Ivan, que ela chama de Uivando, e ela perguntou se podia escutar o segredo e que ela também não contaria para ninguém, nem para o Uivando. Papai falou que confiava na gente e começou a contar.

— Tudo começa com a bisavó de vocês, não a Vanda, mas a outra, a Maria, do lado do meu pai.

Papai contou que a Maria era uma das filhas de uma família honrada e católica do interior. Tinha três irmãs: a Maria Rosa, a Maria Teresa e a Maria, Maria só, a mais nova. Tudo ia muito bem, a Maria Rosa já era casada, a Maria Teresa já era noiva, e a Maria estava procurando namorado, quando um dia ela sumiu. Os pais, avós do meu pai, ficaram muito preocupados, chegaram a chamar a polícia, mas logo receberam uma carta da Maria onde ela dizia que tinha se apaixonado por um homem e que tinha fugido com ele para bem longe. Ela não escreveu o nome dele, só falou que era bonito e inteligente e que sabia fazer um monte de coisas. Os pais dela não puderam responder à carta porque a Maria não deu o endereço dela. E assim passaram-se alguns anos: nada de ver a Maria, mas de vez em quando ela escrevia de várias partes do Brasil, muitas de Minas Gerais. E ela nunca falava do nome do homem, nem de sua profissão, nem de sua família, nada.

Até que um dia a Maria voltou, sozinha, sem o homem. Ela não quis contar nada dele, apenas disse que o relacionamento estava acabado e que ela estava grávida. E ela também disse que não tinha mágoa dele, do homem, que a vida era assim e que ele tinha dado a ela dois nomes que ele queria que seus descendentes tivessem. O bebê que Maria esperava, se fosse menino, deveria chamar Riobaldo. E um dos filhos desse bebê, quando crescesse, é claro, e se fosse menino, também é claro, deveria se chamar Valceniro. Perguntaram para a Maria o porquê desses nomes, mas ela nunca quis falar. Mas o problema maior não era com os nomes, era com a barriga da Maria que estava grávida e solteira, um escândalo para a família dela com toda uma cidade em volta. Felizmente, apareceu um imigrante grego muito gentil, chamado Marcos Ladaca, que se apaixonou pela Maria e que aceitou se casar com ela apesar do bebê do outro. Na cidade, ninguém percebeu a troca de pais e todos pensaram que o Marcos era o pai de verdade. E daí nasceu o bebê, que era menino mesmo, e a Maria disse que deveria cumprir a promessa e o chamou de Riobaldo. E quando o Vô Riobaldo cresceu e casou com a Vó Mirna, ele também quis cumprir a promessa e chamou o primeiro filho deles de Valceniro, o meu papai.

— Isso que é história! — disse a Júlia. — Que maravilhoso. Somos descendentes de um ser misterioso. Genial!

— Mó legal — eu falei. — Temos um segredo bem secreto na família. Esse homem da Maria pode ser um herói.

— Ser misterioso? Herói? Era um vagabundo, isso sim — respondeu o papai. — Devia ter ido para a cadeia e talvez tenha ido, aliás.

— Por que prendê-lo? A gente não sabe o que ele fez, é o segredo — eu falei.

— Prender porque raptou uma moça de família, porque fez um filho nela sem pedir a sua mão a seus pais e porque a abandonou com o filho na barriga. Homem de verdade não faz isso.

— Talvez – disse a Júlia. – Mas, então, por que a Maria nunca teve mágoa dele? Por que ela quis que o filho dele tivesse o nome que ele escolheu? Se ele fosse um vagabundo, a Maria não teria feito isso. Você conheceu a Maria?

— Sim, mas pouco, porque logo que meu pai casou foi morar em outra região do país, bem longe.

— E como ela era? – eu perguntei.

— Era muito bonita, até quando mais velha. Parecia muito inteligente e muito culta também.

— Viu? Uma pessoa assim não seguiria um vagabundo. Não bate.

— E quem contou o segredo para você? – eu perguntei.

— Foi meu pai, um dia.

— E ele tinha mágoa do verdadeiro pai dele? – a Júlia perguntou.

— Não, não tinha. Aliás, sempre achei que havia uma espécie de veneração. Tanto que ele me deu o nome de Valceniro. Também estou marcado por esse bandido.

— Sabe o que eu lembrei? – disse a Júlia. – Riobaldo é nome de jagunço, de cangaceiro.

— *Tá* louca, Júlia, só faltava.

— Legal, até que enfim – eu falei.

— Mas não é cangaceiro de verdade – explicou a Júlia.

— Não seja chata — eu disse.

— Riobaldo é nome de um jagunço criado pelo Guimarães Rosa em seu romance *Grande sertão: Veredas*, que a gente estudou um pouco lá na escola. Um dos mais importantes romances da literatura brasileira, disseram. Riobaldo é um herói da literatura. Será que tem alguma relação com o nome do vovô?

— Mas o pai do Vô Riobaldo existiu de verdade — eu falei.

— Sim, mas pode ser que ele fosse uma pessoa importante que o Guimarães Rosa conhecesse ou de quem tenha ouvido falar. E daí deu esse nome à personagem.

— O nome do meu avô talvez fosse também Riobaldo, então — falou o papai. — É comum pais quererem dar o seu próprio nome ao filho.

— Seria uma boa explicação para a decisão da Maria — disse a Júlia. — Mas uma coisa me parece certa: esse misterioso homem não era qualquer um, tinha alguma coisa de especial, do contrário a Maria nem teria querido saber dele e o Vô Riobaldo não teria chamado você de Valceniro. E lembra que ela disse que ele sabia fazer um monte de coisas?

Daí o papai ficou em silêncio um tempão e depois falou:

— Pensando bem, você pode ter razão, Júlia. O meu avô de verdade, que não é o Marcos Ladaca — santo homem —, talvez tenha sido alguém importante na vida, mas cangaceiro não, pelo amor de Deus.

— Por que não? — perguntei.

— Eram bandidos, Tomás — explicou o papai.

— Guerreiros — eu falei.

— Tinha de tudo entre os cangaceiros — explicou a Júlia. — Mas seu avô de verdade pode ter sido outra coisa. Pode ter escrito histórias do sertão, pode ter feito música, pode ter sido ator, pode ter sido alguém que ajudava as pessoas, pode ter sido muitas coisas. Duvido que a Maria se apaixonasse por um mero bandido.

— Faz sentido, Júlia, faz sentido — disse papai.

— E tem mais — continuou a Júlia. — Alguma coisa me diz que ele era mulato, não sei por quê. Deve ser pelo nome, pelo lugar das cartas. Maria escrevia muito de Minas, você falou. Pode ser que estivessem no sertão mineiro, como o Riobaldo do romance.

— Legal — eu disse. — Aí fica explicado o papai não ser tão branco assim, até no inverno, como falou a Vó Mercedes.

Pensei que o papai ia ficar bravo e ia dizer que não, de novo, mas ele ficou mais um tempo em silêncio e pensando. Daí ele disse:

— Olhando bem, sou meio pardo sim, só um tiquinho, mas sou. Meu pai também é, bem pouquinho, mas é. Deve ser porque eu tenho nas veias o sangue de alguém diferente, de alguém importante, o sangue de um vencedor. Porque esse meu avô misterioso foi um vencedor, senão não me teriam dado o nome que ele mesmo escolheu, não é verdade?

— Quem sabe, papai. Quem sabe... — disse a Júlia.

— Posso colocar o segredo na história que vou escrever para a escola?

— Mudei de ideia, Tomás. Pode sim, mas com as afirmações de sua irmã sobre meu verdadeiro avô, o vencedor. Senão, não pode. Você promete?

Eu prometi bem forte.

— Ah, e você se lembra da pergunta da raça? — falou papai.

— Sim. Só deu branco.

— Pode colocar "levemente pardo" para mim. Vai saber...

E de noite, durante o jantar, quando a mamãe chamou meu pai de Giovane, ele disse que ela podia também chamar ele de Valceniro, se ela quisesse. Vai saber...

***

Na escola, a apresentação das histórias da família foi bem legal. Tinha gente vinda de todos os lugares do mundo, quase tudo branco, alguns soldados, alguns condecorados, muitas pessoas muito interessantes e que fizeram muitas coisas importantes, mas nenhum cangaceiro. Daí eu falei:

— Meu avô tem nome de cangaceiro de história.

— De história não vale — falou o chato do Téo.

— Tem mais — eu continuei. — A Mariflores tem um tio-avô cangaceiro de verdade, com foto, espingarda e tudo.

— E quem é essa Mariflores? — perguntou o chato do Lucas.

— É nossa empregada.

— Empregada também não vale — disse o Téo —, não é da família.

— Mas a nossa é porque a mamãe sempre diz que a Mariflores é como se fosse da família, *tá*?

O segredo da risada da Irmã Dulce

Já falei para vocês da Irmã Dulce e da Irmã Dulcinéia, lá da escola. A gente não sabe qual é o papel delas, mas sabe que elas mandam em todo mundo, até na diretora, a Ruth. Como eu contei antes, elas são bem diferentes: a Irmã Dulcinéia é baixinha, gordinha, meio rosada, anda com passinhos alegres e ri o tempo todo. A gente gosta muito dela porque ela é muito boazinha. A gente gosta menos da Irmã Dulce, que é um pouco mais alta e está sempre com um sorriso parado e frio. A gente também reparou que ela nunca ri. Ela sorri, mas sorri sério, não sei se vocês entendem o que eu quero dizer. Na verdade, foi o Felipe que reparou nisso. Um dia, no recreio, ele perguntou:

— Vocês já viram a Irmã Dulce dar risada?

— Não – respondeu o Marcos. – Nunca.

— *Mó* estranho – falou o Renato. – Todas as pessoas dão risada de vez em quando.

— Vai ver que ela ri escondido, quando ela some – eu falei.

— Pelo jeito dela, acho que ela nunca ri mesmo – disse o Felipe. – Deve ser coisa de freira.

— Mas a Irmã Dulcinéia dá risada o tempo todo — lembrou o Renato. — E ela é freira também. Acho que a Irmã Dulce ri como todo mundo. Mas nunca vamos saber se é verdade ou não.

— Vamos perguntar para o resto da classe. Quem sabe alguém já viu ela dar risada — sugeriu o Felipe.

— Legal — eu falei. — Vamos perguntar pra galera.

E a gente perguntou para a Fátima, que então perguntou para o Samuel, que daí perguntou para a Fabiana, que falou com o Leonardo, que perguntou para o Allan, que falou com a Marta, que contou para o Joaquim, e assim por diante. Até os chatos do Téo e do Lucas foram perguntados e a risada da Irmã Dulce virou assunto de todos. E assim a gente ficou sabendo que ninguém nunca viu a Irmã Dulce rir.

— Acho que está definitivamente provado — disse o Felipe. — Ela nunca ri mesmo, coitada.

— A gente podia perguntar aos professores — falou a Marta —, eles a conhecem melhor.

A gente achou que era uma boa ideia e perguntou para a Aninha, nossa professora, mas ela não quis responder e disse que era falta de respeito ficar fazendo fofoca dos outros, sobretudo das freiras, mas ninguém na classe concordou.

— Perguntar se alguém dá risada não é imoral, é trivial — disse o Felipe, que fala tudo difícil. — Se a Aninha não quer responder é que deve ter um segredo.

— Sim, o segredo da risada da Irmã Dulce — eu falei. — *Mó* legal. Parece filme de televisão.

— Tenho uma ideia – disse o Renato. – A gente vai tentar fazer a Irmã Dulce rir. Se a gente não conseguir, é que ela não ri mesmo.

— Como a gente vai fazer? – perguntou o Samuel.

— Sei lá, a gente faz careta para ela, conta piada para ela ouvir, a gente imita palhaços, essas coisas.

Todo mundo gostou da proposta e a gente começou a imaginar o que poderia fazer para desvendar o segredo da risada da Irmã Dulce. Só de pensar, a gente deu muita gargalhada.

***

A primeira ideia que a gente teve foi a da piada. A gente pensou em reunir um grupinho, torcer para a Irmã Dulce aparecer e daí a gente contaria a piada bem alto para ela ouvir.

— Que piada a gente vai contar? – perguntou o Samuel. – Conheço muitas de judeu.

— Mas você é judeu – falou o Felipe. – Vai contar piada contra você mesmo?

— Não tem problema – respondeu o Samuel –, a gente mesmo conta as piadas de judeu e assim os outros ficam sem graça. Foi meu pai que disse.

— Mas acho perigoso contar esse tipo de piada para a Irmã Dulce – falou o Felipe. – Judeu tem a ver com a *Bíblia*, e ela sempre fala que com a *Bíblia* não se brinca. Que tal piada de português?

— Ah não! – disse o Joaquim. – Meus avós são portugueses e eu não gosto de rir deles.

— De loira, então – propôs o Marcelo.

— *Tá* louco, é tudo piada sem graça — falou a Marta, que é loira também.

— Eu conheço uma piada engraçada — disse o Felipe. — Ela não é sobre ninguém em especial. É assim: tem um general importante, mas meio burro, que recebe a visita da rainha da Inglaterra. Como ela gosta de montar a cavalo, o general a convida para dar uma volta. Eles vão andando e, de repente, o cavalo da rainha solta o maior pum que todo mundo ouve. Então a rainha fica sem graça, se aproxima do general e pede desculpa. Daí o general responde: "Ah! pensei que fosse o cavalo".

Todo mundo riu do pum e da rainha e a gente achou que essa piada era boa para a Irmã Dulce porque não fala da *Bíblia*. Então a gente ficou em grupinho esperando ela aparecer. Demorou três recreios, até que ela chegou. Felipe contou a piada bem alto, para ela poder ouvir, e também bem rápido para dar tempo de que ela ouvisse a piada inteira, porque só até a metade não tem tanta graça. Depois da piada, a Irmã Dulce olhou pra gente com o sorriso e o olhar sério dela, e foi embora. Não deu risada, e olha que a piada de pum era muito boa.

— Um a zero para a Irmã Dulce — disse o Allan. — Vamos tentar outra coisa.

— Que tal a gente passar na frente dela fazendo caretas? — falou o Marcos.

— Será que ela não vai ficar zangada e mandar a gente de castigo? — eu perguntei.

— Acho que no regulamento da escola não está escrito que é proibido fazer caretas – disse o Renato. – Pelo menos os professores nunca disseram isso. E os adultos sempre acham graça quando a gente faz caretas. Vamos tentar. Proponho que vá a Sofia porque ela tem uma cara engraçada mesmo sem fazer caretas. Para ela deve ser fácil.

Então a Sofia ficou brava e disse que não tinha cara engraçada não senhor e que era o Renato que tinha cara de bobo. Eles iam quase brigar quando o Felipe falou:

— Olha, fazer caretas é como fazer mímica: é coisa de artista. Sofia, dá para ver pela sua cara que você é uma grande artista até sem fazer força.

A Sofia ficou toda orgulhosa e topou fazer as caretas para a Irmã Dulce revelar o segredo da risada dela. Mas deu tudo errado. Quando a Irmã Dulce viu a Sofia fazendo caretas na frente dela, seu sorriso ficou mais parado ainda, seu olhar mais sério e ela mandou a Sofia de castigo por falta de respeito. Pelo jeito, também está no regulamento da escola não fazer caretas. É um regulamento bem completo.

— Dois a zero para a Irmã Dulce – disse o Allan. – O que vamos tentar agora?

— Imitar os palhaços, que nem no circo – propôs o Renato. – Todo mundo dá risada, até os adultos. As freiras também devem dar.

— Vamos tentar – concordou o Felipe. – Mas a gente vai precisar ensaiar uma cena, tipo aquela na qual um palhaço dá um chute na bunda do outro ou quando um vai dar um tapa num palhaço, este se abaixa, e ele bate na cara daquele que está atrás. Tomás, quer ser um dos palhaços?

— Eu não – respondi. – Tenho medo de palhaço até hoje e nunca dou risada quando me obrigam a ver o que eles fazem.

O Felipe, o Joaquim e o Bruno foram escolhidos pela galera para fazer a palhaçada. Falaram que em dois dias estariam ensaiados e, então, dois dias depois estava tudo pronto para fazer a Irmã Dulce rir. Toda a turma estava combinada: quando ela aparecesse, os palhaços dariam o *show* e o resto dos alunos da classe ficaria assistindo. Por sorte, nesse mesmo dia as duas freiras apareceram juntas no pátio durante o recreio e a gente fez o combinado. A Irmã Dulce e a Irmã Dulcinéia repararam no espetáculo e pararam para olhar. A Irmã Dulcinéia não parou de dar risada, mas a Irmã Dulce ficou como eu, sem rir, mas ela não parecia estar com medo. Quando acabaram as palhaçadas, a Irmã Dulcinéia aplaudiu, a Irmã Dulce também aplaudiu, mas menos, e elas foram embora.

— Três a zero – falou o Allan. – Vamos desistir?

— Vamos tentar o contágio, não pode falhar – disse a Sofia.

A Sofia explicou que a mãe dela, que é psicóloga, disse que o riso é contagioso que nem algumas doenças. Alguém que vê muitas pessoas rindo acaba rindo também mesmo sem saber o motivo. Ela também explicou que é por essa razão que colocam risadas nos programas cômicos da televisão: é para as pessoas rirem até do que não tem graça.

Todo mundo achou que valia a pena tentar esse truque que era *mó* fácil de fazer: bastava a galera toda da classe ficar junta no recreio e, quando a Irmã Dulce aparecesse, todo mundo começaria a dar gargalhada bem forte.

Foi o que fizemos alguns dias depois. Demos risadas e mais risadas e a Irmã Dulce parou para olhar. A gente ria e olhava para ela, ria mais ainda e olhava para ela, mas nada: ela estava sorrindo e séria e quem acabou ficando sem graça fomos nós. Pouco a pouco a gente parou de rir e foi ficando com cara de tonto. Daí a Irmã Dulce perguntou se a gente estava tendo uma crise de histeria, e foi embora. A Sofia explicou que histeria é uma doença psicológica e ficamos preocupados porque, além de não conseguir fazer a Irmã Dulce dar risada, agora todo mundo vai achar que a gente é louco.

— Quatro a zero — falou o Allan. — Goleada da freira.

— Mas não me dou por vencido — disse o Felipe. — Temos de achar outra estratégia. Mas qual?

— Já sei — falou o chato do Téo. — Quando a irmã Dulce aparecer, a gente humilha alguém, mas só de brincadeira essa vez. Por exemplo, alguém abaixa as calças de um aluno, ou manda ele ajoelhar e pedir perdão de alguma coisa, daí todo mundo dá risada, até a freira, tenho certeza.

— Boa ideia — disse o chato do Lucas, já rindo. — Vai ser tiro e queda, vocês vão ver.

— *Tá* bom, então vocês dois é que vão ajoelhar e pedir perdão sem calças, ok? — falou o Felipe.

— *Tá* louco? — respondeu o Lucas. — A gente é que teve a ideia, então é a gente que humilha. Assim é justo.

Mas ninguém gostou da ideia do Téo e do Lucas. Ainda bem. A Marta e a Fátima falaram que era brincadeira de mau gosto, o Bruno disse que devia ser proibido pelo regulamento da escola e o Renato falou que nesse tipo de situação um ri, mas o outro chora e que talvez a Irmã Dulce fosse chorar em vez de rir e que, daí, não adiantaria nada. Eu não falei nada porque já fizeram coisa parecida comigo e não gosto nem de lembrar.

– Que tal a gente desenhar – falou o Marcos.

– Desenhar? Que graça tem? – perguntou o Samuel.

O Marcos, que a mãe dele é pintora, explicou que tem desenho chamado de caricatura, que mostra as pessoas de jeito diferente e feio, mas que dá para descobrir quem é, e que, então, se dá risada.

– Eu sei – eu falei –, já vi desenho assim nas revistas. É bem engraçado. Mas quem vai desenhar?

– Posso pedir para o meu irmão – disse a Marta. – Ele desenha muito bem e quer trabalhar com isso quando for adulto. Posso pedir para ele.

– Ele vai desenhar quem? – perguntou o Samuel.

– Tem que ser gente da escola – falou o Felipe. – Os professores, as coordenadoras, a Ruth. Como o irmão da Marta é da escola desde pequeno, ele conhece. Vamos tentar.

A Marta falou com o irmão dela, que topou, e uma semana depois ela trouxe as caricaturas da Aninha, nossa professora, da Carminha e da Neidinha, as coordenadoras, do Carlinhos, o professor de Educação Física, da Ruth, a diretora, de outras pessoas mais e também das Irmãs Dulce e Dulcinéia. Tinha até uma da minha mãe! A gente olhou para os desenhos e deu muita risada. Tinha as grandes orelhas da Carminha, o narigão da Neidinha, os músculos do Carlinhos, o sorriso e o olhar da Irmã Dulce, os peitos enormes da Ruth, os óculos tortos da Aninha, tudo exagerado, mas dava para reconhecer direitinho. Então a gente fez o combinado: levou os desenhos para o recreio e, quando a Irmã Dulce apareceu, a gente colocou os desenhos no chão e ficou olhando para eles e rindo. A Irmã Dulce percebeu, se aproximou e pediu para a gente dar os desenhos para ela. É agora, pensamos, é agora que ela vai finalmente rir. Mas não. Ela olhou os desenhos um por um, depois mandou que a gente os levasse até a sala das coordenadoras e foi embora sem dar uma risada que fosse. E quem não ria mesmo era a gente, porque ir para a sala das coordenadoras sempre dá rolo. Fomos para lá, bem devagar, batemos na porta e dissemos para a Neidinha:

— A Irmã Dulce mandou a gente entregar esses desenhos para a senhora.

A Neidinha olhou para o desenho que ficava em cima da pilha, que era a caricatura da Carminha, deu risada e a gente ficou contente porque risada é bom sinal. Ela chamou a Carminha e disse para ela olhar o desenho, mas a Carminha não riu. "Que falta de respeito", ela disse, e em seguida olhou para o segundo desenho e daí ela riu e chamou a Neidinha, que ainda estava rindo.

— Olha você aqui.

Então Neidinha se aproximou e parou de rir.

— São caricaturas — ela disse. — São gozações sobre a equipe pedagógica da escola. Esses alunos! Sempre aprontando uma. Não pode ficar assim, devemos tomar uma atitude.

— Sim, mas qual? — perguntou a Carminha. — É preciso ver no regulamento se está escrito que é proibido fazer caricatura do corpo docente.

Daí ela falou que ia ficar com os desenhos e que depois chamaria a gente. Saímos muito preocupados, torcendo para não ter nada que fale de caricaturas no regulamento. E pelo jeito não tem, porque não nos chamaram mais. Minha mãe até comentou depois que, durante uma reunião de trabalho, os professores e coordenadores deram boas risadas olhando os desenhos da gente.

Mas não a Irmã Dulce.

— Cinco a zero para a freira — falou o Allan. — Acabou o jogo?

— Acho que sim — respondeu o Felipe. — Agora nós sabemos: a Irmã Dulce nunca dá risada. Está definitivamente provado. CQD.

— C o quê? — perguntei.

— Como queríamos demonstrar, CQD — explicou o Felipe.

***

Mas não foi CQD coisa nenhuma, porque uns dias depois a Irmã Dulce entrou na nossa sala de aula e disse que queria falar com a gente.

— Observei vocês essas últimas semanas — disse ela — e reparei comportamentos estranhos e preocupantes. Vocês fazem caretas, bancam os palhaços, dão gargalhadas à toa, trazem desenhos irreverentes etc. Alguém pode me explicar o que significa tudo isso?

Ficou o maior silêncio na classe, a gente olhando uns para os outros.

— Fiz uma pergunta – disse a Irmã Dulce. – Quero uma resposta.

Então o Felipe levantou e disse que ia dizer:

— Vou falar, Irmã Dulce. A gente queria saber se a senhora dava risada de alguma coisa porque a gente nunca viu a senhora rir de coisa alguma. Então a gente contou piada bem alto, fez careta, imitou palhaços, trouxe caricaturas e até apelou para o contágio.

A Irmã Dulce falou:

— Vocês queriam saber se eu dava risada? É isso?

— É isso – falou o Felipe bem baixinho.

— Essa é boa! – falou a Irmã Dulce. – É divino! Ah!

E então, aconteceu: a Irmã Dulce riu. Ela riu bem alto, com um riso estranho, meio pontudo, meio estridente, sei lá, mas riu. E foi embora.

— *Yes!* – falou o Allan.

***

Mais tarde, durante o recreio, toda a galera se reuniu para comentar nossa vitória.

— Conseguimos fazer a Irmã Dulce dar risada – disse o Felipe. – Agora está provado: ela ri. CQD.

— Mas é outro CQD agora – eu falei. – Afinal, ela riu do quê?

— Ela riu da gente, mas não do jeito que a gente queria – falou o Renato.

— É, na verdade, ela tirou um sarro da cara da gente – falou o Allan.

— Humilhou — disse o Téo. — Não falei que era uma boa estratégia?

— Não acho que seja humilhação — respondeu o Felipe. — Ela achou engraçado a gente se preocupar com a risada dela, só isso.

— Mas que riu da gente riu — comentou o Joaquim. — Ela achou que a gente é tudo português.

— Vocês repararam na risada dela? — perguntou a Marta. — Eu achei meio assustadora.

— Muito — falou a Fátima.

— Eu fiquei quase com medo — disse o Allan.

— É riso agridoce — eu falei.

— E é meio diabólico — disse o Felipe.

Todo mundo concordou em achar estranho e assustador o riso da freira e a gente então combinou nunca mais tentar fazê-la rir porque deve ter um segredo terrível por detrás da risada da Irmã Dulce.

Deve mesmo.

O jogo de futebol

Hoje de tarde teve jogo de futebol. A nossa classe jogou contra uma classe de outra escola, que fica em outro bairro e que tem *ranking* pedagógico bem inferior ao da nossa escola. Foi pelo menos isso que os nossos professores contaram duas ou três vezes. Quem ganhasse levaria um troféu bem bonito como um monte deles que tem bem na entrada da escola para todo mundo ver. Eu falei para o papai que teria a partida e que, como era num domingo à tarde, os pais não poderiam jogar, mas poderiam assistir ao jogo.

— Que bacana — falou o papai. — Competição forma o caráter. Vamos assistir, Norminha?

Minha mãe já sabia do jogo e concordou em assistir e falou que era para eu convidar o Vô Chico. O Vô Chico também achou legal a ideia de ver meu jogo. Ele e a Lua vieram para almoçar em casa para depois a gente ir até o local da partida que era na outra escola, a do *ranking* abaixo do nosso.

— Você é titular do time? — perguntou Vô Chico para mim.

— É claro que ele é — falou papai. — Só faltava ele ficar no banco. Você é titular, não é, Tomás?

— Sim — eu falei todo orgulhoso. — Sou titular mesmo.

— Em que posição você vai jogar? — perguntou Vô Chico.

— No gol. Sou o goleiro do time. O único.

— No gol!? — disse o papai. — Você não é atacante?

— Não.

— Que pena — disse ainda o papai. — Quem aparece nos jogos são os atacantes, porque eles fazem os gols. Os outros, a gente nem lembra. Não dá para você jogar no ataque?

— Não. Prefiro jogar no gol porque eu fico sozinho lá trás e não me dão pontapé nem me empurram. É *mó* tranquilo jogar no gol.

— Mas é muita responsabilidade — falou a minha mãe. — Se o goleiro falhar uma só vez, o time pode perder o jogo.

— E daí a vergonha recai apenas sobre ele — falou papai. — Que perigo! Melhor ser atacante Tomás, vai por mim. Goleiro só sai na foto quando toma gol e na televisão só repetem os lances dos gols com os goleiros todos batidos, todos perdedores. Não há glória em ser goleiro. Quer ver? Nunca um goleiro foi eleito o melhor jogador do mundo. Pede para jogar no ataque, assim você agrega valor à sua imagem.

— Mas é que já tem bons jogadores no ataque — eu falei. — E eu não sou bom nisso. Mas eu fecho o gol, como disse o Carlinhos, o professor de Educação Física. Então não vou sair na foto!

— Claro que não é o caso do Tomás, mas, no meu tempo, a gente colocava no gol quem não sabia jogar na linha — disse Vô Chico. — Eu, por exemplo, era meia-esquerda.

— Meia ou meio? — perguntou a Júlia.

— O que você pretende insinuar, brotinho?

— Nada não.

— Ah bom. Então... Eu não fazia muitos gols, mas dava cada passe supimpa para os outros fazerem! Eu sempre colocava a bola na zona do agrião.

— Eu não. Eu fazia eu mesmo os gols — falou papai. — Era centro-avante e o pessoal falava "Giovane, vai que é sua", e eu ia e fazia o gol nos pobres goleiros que ficavam vendidos.

— Me desculpe, Giovane, mas acho que é mais difícil dar passes do que fazer gol, é uma estrutura mais complexa. Precisa ter ampla visão de jogo, pensar, raciocinar.

— Não concordo: para ser atacante, é preciso ter faro. É instintivo. É superior à racionalidade.

— É vocação — disse a mamãe. — Vai ver que o Tomás tem vocação para ser goleiro. Qual o problema? Cada macaco em seu galho.

— É desejo — disse a Lua.

— Lá vem a lunática com desejo de novo — falou a mamãe bem baixinho, mas eu ouvi.

— É desejo porque nada é por acaso. Não estudei a subjetividade dos jogadores de futebol, trabalho com professores, mas deve ser a mesma coisa: tem a ver com a personalidade profunda da pessoa.

Não ficaria surpresa se aqueles que resolvem jogar no gol fossem um pouco misantropos.

— Mi o quê? — perguntou o papai.

— Misantropo — repetiu Vô Chico.

— É um instinto? — perguntou o papai.

— É um bicho? — eu perguntei.

— Não — falou a Lua. — É traço de personalidade com raízes inconscientes.

— Mas o que é afinal?

— É quem não gosta de contato com outras pessoas — explicou a Lua — e prefere então ficar sozinho no seu lugar.

— Que nem goleiro na área — eu falei. — Legal, eu sou misantropo e devo ser o único misantropo da classe. Vou contar para a galera.

— Não Tomás, não — falou a mamãe. — Misantropo é coisa feia, é quem tem aversão à humanidade. Não pode ser misantropo. E você não é, porque tem muitos amigos e gosta de todo mundo.

— Ah não — eu falei. — Não gosto de todo mundo, porque não gosto dos chatos do Téo e do Lucas. Com eles eu sou misantropo, como no gol.

— Esses dois moleques vão jogar também? — perguntou Vô Chico.

— Vão — eu respondi. — São titulares.

— Eles jogam bem? — perguntou papai.

— O Téo, que é grandão, forte e meio gordo joga na defesa e faz falta o tempo todo. Ele diz que gosta de destruir o ataque adversário, e destrói mesmo. O Lucas, que é baixinho e magrinho, joga no ataque e faz bastante gol, esse chato.

— Os dois são bem conhecidos na escola — disse a Júlia. — Eles fazem sacanagem com todo mundo que é mais fraco do que eles. Acho um absurdo eles jogarem e representarem a escola.

— Mas, Júlia, se eles jogam bem, tem que colocar no time — disse o meu pai. — Eu concordo com a escola. Não pode deixar jogador bom de fora e depois perder o jogo. Imagine se time profissional vai deixar craque de fora! O importante é o resultado: vencer. Sempre vencer.

— Concordo com a Júlia — disse a Lua. — Não é jogo profissional, não é jogo real, é jogo simbólico. Eles serem excluídos serviria de lição para esses dois meninos e eles poderiam entrar em contato consigo mesmos.

— E o time entraria em contato com a derrota — falou papai. — Isso nunca!

— Acho que eles devem jogar mesmo — disse a mamãe. — Para eles terem a oportunidade de serem incluídos no grupo. Eles devem ser muito infelizes e não jogar os tornaria mais infelizes ainda.

— O importante é que eles tornem os adversários infelizes — respondeu papai. — Jogo é jogo. Mas vamos almoçar que o Tomás precisa de forças, mesmo jogando no gol.

E a gente foi almoçar. Papai falou que eu devia comer macarrão, como todos os atletas, e eu achei legal ser atleta porque adoro macarrão, com salsicha se tiver. E tinha!

***

Depois do almoço, a gente foi até o local do jogo, que fica bem longe de casa.

— Vamos picar a mula, que está na hora — disse Vô Chico. — Vocês vão de Paris-Dakar?

— Hoje não — respondeu ele. — Meu carro está na revisão. Vamos com o carro da Norminha.

O Campinas-Jundiaí, da mamãe, é pequeno comparado com o 4.4 turbo alto e preto de meu pai, mas nós quatro cabemos nele.

— E você sabe como chegar lá? — perguntou ainda o Vô Chico. — Eu e a Lua seguimos vocês de moto.

— Nunca fui lá, mas eu acho fácil com o meu novo GPS.

Então entramos no Campinas-Jundiaí que o papai resolveu guiar porque a mamãe anda muito devagar e sempre na pista do meio. A Júlia levou o seu Ipod e uma garrafinha de água. Meu pai e minha mãe também levaram uma garrafinha de água cada um, e eu levei meu uniforme de goleiro com duas joelheiras e duas cotoveleiras, que é para não me machucar e ficar como jogador de verdade. Partimos na hora, mas quase chegamos atrasados porque o GPS do papai parece que não sabia onde era a escola de *ranking* inferior, e a gente teve que pedir ajuda a pessoas na rua e deu mais certo do que o aparelhinho que mostra as ruas com uma moça que fala o tempo todo.

A escola onde jogamos é bem parecida com a nossa, com câmeras e guardas de preto na entrada, um grande pátio cheio de troféus e uma lanchonete moderna e colorida como as do *shopping*.

Já tinha outros pais esperando pelo jogo, conversando e nervosos, e um deles me disse que eu devia ir logo até um banheiro masculino transformado em vestiário para o nosso time. Achei o banheiro, entrei e lá estava toda a galera já de uniforme, um uniforme *mó* legal, com uma camisa azul com o distintivo da nossa escola. Só eu ia jogar sem distintivo porque a camisa cinza de goleiro, eu comprei numa loja que tinha uniformes de vários times, mas não do nosso. Paciência, e não tem problema que não dá para confundir o goleiro com jogador de outro time, porque ele fica sempre no mesmo lugar.

— Oi, Tomás, bem-vindo entre nós — disse o Felipe, meu melhor amigo, que fala muito bem português, mas no futebol é reserva porque ele não joga tão bem quanto fala.

— Oi, galera — eu respondi.

— Que bom que você chegou, pode se trocar imediatamente — disse o Carlinhos, nosso professor de Educação Física que hoje disse que não era professor, porque tinha assumido o lugar de treinador.

— Qual a nossa tática? — perguntou o Allan, que adora futebol e é o melhor jogador da turma na linha, mas não no gol porque no gol sou eu o melhor, e também o único.

— Lembra do que combinamos na escola, Allan? — perguntou o Carlinhos.

— Que era para a gente fazer muitos gols e não tomar nenhum, eu lembro — respondeu o Lucas. — Eu vou tentar cavar pênalti, vocês vão ver. Daí é gol na certa.

— Se é para não tomar gols, *deixa* comigo – disse o Téo. – Eu destruo o ataque deles e eles vão ficar com medo e o cara com medo não joga direito.

— Que tal dar uns dribles? – sugeriu o Allan. – É o que eu vou tentar fazer e vai ser bonito.

— Calma – falou o Carlinhos. – Vocês estão falando de jogadas individuais, mas lembrem que futebol é esporte coletivo: é todos por um e um por todos. É isso que é bonito nesse esporte.

— Se perder, deixa de ser bonito – respondeu o Téo. – E daí a torcida entra em campo e bate na gente.

— Você acha que nossos pais vão entrar em campo e bater na gente? – eu perguntei. – Duvido.

— Meu pai não vai entrar em campo, mas se eu perder ele me bate em casa, o que dá na mesma – explicou o Téo. – Então, vamos lá, é todos por todos e cada um por si, ou uma coisa assim.

O Carlinhos pareceu meio abatido e disse que se a gente não se lembrava da tática, agora era tarde demais, mas que era pelo menos para a gente lembrar que não era para todos irem para cima da bola ao mesmo tempo, mas esse conselho tático não vale para mim porque goleiro fica na dele, no gol, é óbvio.

— E nada de firula! – acrescentou o Carlinhos.

— Vamos fazer uma oração? – perguntou o Téo. – É legal e é assim que jogador profissional faz.

O Carlinhos falou que era uma boa ideia e que as Irmãs Dulce e Dulcinéia iriam gostar quando a gente contasse para elas. Então ficamos em círculo, abraçados, e o Carlinhos começou um pai-nosso que estais no céu em algum lugar. Durante a oração, o chato do Lucas virou para mim e falou baixinho:

— Vê se não vai tomar frango, seu normalzinho.

Que tosco!

E a gente foi até o campo, na verdade uma quadra parecida com a da escola, mas com uma vantagem: as redes no gol não estavam furadas. Quando a gente entrou foi *mó* emocionante, porque os pais começaram a gritar, assobiar e aplaudir, como em jogo de verdade. Teria sido também legal a gente entrar segurando a mão dos alunos da creche, que são mais baixinhos do que nós, mas parece que ninguém se lembrou desse detalhe. Então, com as duas mãos livres, a gente acenou para o público agradecendo o apoio e prometendo a vitória. Tem alguns jogadores que fizeram o sinal da cruz logo que entraram em campo, que é para Deus ajudar, mas não dava para saber antes do jogo quais jogadores do sinal da cruz ele ia de fato ajudar. Mas, como valia a pena tentar, eu também fiz o tal sinal. Vai saber... Talvez Deus tenha alguma preferência pelos goleiros que ficam sozinhos, atrás de todos.

Então começou o jogo.

O primeiro tempo terminou empatado em três a três, mas eu não tive culpa nos gols que a gente tomou porque não dava para pegar a bola. E, se não fosse eu, a gente teria tomado de dez a três porque eu peguei muitas bolas difíceis, sete ao todo, eu acho. Durante o jogo, todo mundo tomou um susto com o Allan, porque ele recebeu uma falta de um zagueiro e ficou no chão gemendo bem alto e segurando a perna. Até os pais na arquibancada se levantaram e eu ouvi papai dizer que era uma falta de ética. O juiz, que é de uma outra escola que eu não conheço e nem sei que *ranking* tem, se aproximou do Allan e perguntou se estava tudo bem, mas ele continuava segurando a perna e gemendo alto. O Allan ficou assim um tempinho, depois levantou, pisou devagar com o pé direito, mancou um pouquinho e daí saiu correndo pedindo a bola. Que falso! Mas bem legal, que nem jogador de verdade. Logo depois ele marcou um gol e foi para perto dos pais da nossa escola segurando a camisa e dando beijo no distintivo. Em seguida passou na frente dos pais da outra escola e fez caretas. O Allan é mesmo o jogador mais completo do nosso time.

No intervalo, o Carlinhos disse que a gente estava jogando muito bem e que dava para ganhar a partida, que só era preciso ter calma, foco, perseverança e espírito de equipe — o que é muita coisa junta. Para mim, ele disse que eu estava saindo muito bem do gol e fechando os ângulos, e fiquei muito contente porque ângulo é a coisa mais difícil de fechar e eu fecho. O Carlinhos também avisou o Téo para ter cuidado com as suas entradas duras, muito duras, nos atacantes: ele podia ser expulso. E com um jogador a menos ia ser difícil ganhar, até fechando todos os ângulos. Então, depois da conversa, a gente se preparou para entrar na quadra de novo, só que do outro lado, e o Lucas sugeriu rezar novamente, mas o Carlinhos disse que não, que era reza demais e que Deus podia desconfiar e ajudar o outro time.

E começou o segundo tempo.

Foi dramático.

A gente logo fez mais dois gols, e ficou cinco a três. O Lucas fez um, de pênalti que ele disse que cavou, mas a gente achou que tinha sido pênalti mesmo, tanto que o melhor jogador do time deles reclamou muito do zagueiro que fez a falta. O Allan fez o outro, aproveitando uma bola mal passada pelo mesmo zagueiro e chutando num ângulo que não estava fechado. Daí o craque do time deles reclamou mais ainda do zagueiro e começou a xingá-lo com nomes que a mamãe me proibiu repetir em casa. Os nossos adversários foram ficando nervosos e xingando cada vez mais o zagueiro colega deles, que começou a jogar cada vez pior. Xingaram tanto que uma mulher da arquibancada, que devia ser a mãe do coitado, levantou e disse bem alto que era uma vergonha deixarem os meninos falarem tanto palavrão, mas ela não se deu bem porque os outros pais a vaiaram, e ela teve que sentar e ficar quieta. Mas os xingamentos acabaram parando porque o treinador deles tirou de campo aquele jogador e colocou outro que, logo que entrou em campo, também errou um passe, e o Lucas poderia ter feito mais um gol se ele não tivesse se jogado na área pedindo mais um pênalti. Mas não deu certo apesar dos nossos pais reclamarem muito com o juiz que nem olhou para eles. Então aconteceu mais um gol deles, mas eu não tive culpa porque o atacante ajeitou a bola com a mão, e não vale porque ele não é goleiro. Todos viram, menos o juiz, daí os pais da gente reclamaram de novo e os pais deles gritavam "viva o Henry" e outros "viva o Maradona".

O jogo ia chegando ao fim, cinco a quatro para a gente, quando o Téo fez uma falta feia no melhor atacante deles e o juiz marcou pênalti contra a gente e ainda expulsou o Téo, e os pais da gente reclamaram de novo e o juiz nem ligou.

— Tomás, é com você agora — disse o Allan.

— Força, Tomás — falou o Carlinhos de pé.

— Tomás, mostra o que você sabe fazer — gritou o papai lá da arquibancada.

Então fiquei no centro do gol e pensei que deveria escolher um canto para pular. Mas que canto? Direito ou esquerdo? Sem querer olhei para a arquibancada e vi o Vô Chico e resolvi escolher o canto esquerdo porque ele diz que é e sempre foi de esquerda. Foi uma ideia, assim.

E deu certo! Pulei para a esquerda e catei a bola sem rebote e todos vieram me abraçar, até o Lucas.

Logo em seguida acabou o jogo e assim ganhamos do time adversário da escola do *ranking* inferior por cinco a quatro num jogo dramático de verdade. Daí nossos pais vieram cumprimentar a gente e o papai disse para os outros papais:

— Sempre soube que o Tomás tinha jeito para goleiro! É a posição ideal para ele. E que responsabilidade!

A professora substituta (1)
A ANDRÉIA

Há algumas semanas teve uma grande mudança na escola: a Aninha, nossa professora, saiu de licença-maternidade, porque ela ficou esperando um bebê na barriga dela. Já faz tempo que a gente tinha começado a perceber a barriga dela diferente. No começo nem dava para ver direito e foi o Felipe, meu melhor amigo, que primeiro reparou e disse:

— Vocês querem apostar que a Aninha vai ter neném?

— Como você sabe? — perguntou o Téo. — Você é o pai?

Esse chato do Téo sempre tem ideias podres. Como o Felipe poderia ser o pai do neném se ele é criança e também se ele e a Aninha não são casados nem poderiam estar, porque ela é professora e tem um marido (que a gente nunca viu, mas sabe que existe) que se chama Alberto? Ela fala bastante nele nas aulas porque ele estudou tanto na escola quando era pequeno que agora é professor na mesma escola que ele estudou, mas não é a nossa.

— O meu marido, o Alberto, deveria ser um exemplo para todos vocês — costuma falar a Aninha. — Ele estudou, estudou, estudou, e agora ajuda as outras pessoas a estudar.

— Como você, então? – perguntou o Felipe. – A senhora também ajuda a gente a estudar, então, você deve ter sido ótima aluna.

— É que eu não gosto de falar de mim, por humildade. Dou os outros como exemplo, de preferência o meu marido, ele merece.

Então, como eu dizia, a Aninha é mulher do grande Alberto e, como costuma acontecer nesses casos, ela vai ter um neném, e a gente nem apostou com o Felipe por que a barriga dela estava de verdade maior do que de costume e foi crescendo cada vez mais e daí ela começou a andar esquisito e com os óculos cada vez mais tortos no nariz.

— Parece um ganso – disse o Lucas, outro chato.

Um dia a barriga dela ficou tão grande que, depois do recreio, ela entrou na classe com a diretora, que se chama Ruth, as Irmãs Dulce e Dulcinéia e uma mulher bem jovem que a gente não conhecia. A Ruth começou falando que a Aninha tinha algo a dizer e então deixou a Aninha dizer:

— Meus queridos alunos, vocês já sabem que eu e meu marido, o Alberto, estamos esperando um bebê e eu devo dar à luz ao bebê daqui um mês mais ou menos, então...

— Como ele vai chamar? – perguntou o Felipe.

— Tiago, Felipe, ele vai chamar Tiago, é um menino. Mas como eu dizia...

— Legal, tenho um primo que também chama Tiago – comentou a Fernanda.

— E minha mãe me disse que eu quase que me chamei Tiago – falou o Leonardo.

— Teria sido melhor que Leonardo — disse o chato do Téo. — Leonardo lembra leopardo, que é nome de bicho.

Daí a Fátima falou que achava Leonardo mais bonito que Téo, que não parecia nome de nada, e o Téo respondeu que Teodoro era nome de santo e que não era qualquer um que tinha nome de santo, mas o Felipe disse que a maioria dos nomes era nome de santo da Igreja, e então a Irmã Dulce falou para a gente se calar pelo amor de Deus, a gente fez silêncio e a Aninha conseguiu continuar a falar.

— Estava tentando dizer que eu vou dar à luz daqui a pouco e...

— Um mês não é tão pouco tempo assim — comentou o Lucas, mas ele parou de falar imediatamente quando reparou que a Irmã Dulce já nem estava sorrindo.

— É pouco sim — continuou a Aninha —, porque carregar bebê na barriga cansa, sobretudo no fim da gravidez. Então, preciso parar de trabalhar para me preparar para o parto e depois terei que ficar cuidando do Tiaguinho enquanto ele for bem pequeninho. Assim, não poderei dar aula para vocês durante um tempinho e vim para me despedir e dizer que já sinto saudade de nossa relação, que é tão calorosa, tão íntima, tão profunda, tão... tão...

— Tão boa — falou o Felipe.

— É isso, tão boa.

Então a gente ficou meio triste porque a gente gosta muito da Aninha, menos quando ela dá bronca, e a gente ficou também contente porque a gente achou que daqui para frente só teria aula de Educação Física, de Artes e recreio. Mas a Ruth logo explicou que não seria nada disso.

— Como vocês não podem ficar sem professora — disse ela —, quero apresentar a vocês a professora substituta da Aninha, que está do meu lado. Ela se chama Andréia.

— Andreiazinha? — perguntou o Allan.

— Não, Andréia simplesmente — respondeu a Ruth.

— Que bizarro! — comentou o Bruno.

— Andréia, você quer falar alguma coisa para seus novos alunos?

Daí a Andréia se aproximou da gente e tomou a palavra, depois de tossir e ficar vermelha.

— Bom dia. Já me apresentaram, me chamo Andréia, sou a professora substituta de vocês e já quero dizer que me alegra muito a perspectiva de me relacionar com vocês, pois, na educação, relacionamento é tudo, e eu já tenho certeza de que o nosso será rico e agradável. Queria também agradecer já, de público, a confiança que a direção da escola já depositou em mim e à qual procurarei corresponder com a ajuda de vocês. Acho que já falei tudo o que eu já tinha para falar. Obrigada.

— Bem, as apresentações já... as apresentações foram feitas — falou a Ruth. — As Irmãs querem dizer alguma coisa?

A Irmã Dulcinéia, que é rosinha, baixinha, gordinha e sempre alegre, disse que ela tinha certeza de que ia tudo se passar muito bem com a ajuda do Nosso Senhor todo misericordioso.

— Cuide bem dessas crianças, Andréia — disse ela. — São uns amores. Elas fazem arte, é da idade, mas têm um grande coração. Olhe pra elas: são uns anjinhos. Não é, crianças?

A gente ia responder que sim, mas a Irmã Dulce, que é bem branca, magra, mais alta e que a gente só viu rir uma vez, não deixou a gente falar:

— Professora Andréia, tenho a certeza de que, durante a ausência da professora Aninha, envolvida nos mistérios da maternidade, a senhora conseguirá, com a ajuda do Nosso Senhor todo-poderoso, levar esses meninos e também essas meninas pelo caminho do bem e da virtude. E não se esqueça de impor disciplina, porque sem disciplina, sem regras, sem o santo exercício da autoridade, não há educação possível. Cuidado, eles não são anjinhos. Que assim seja e que Deus a abençoe. Vamos embora.

E elas foram todas embora.

**

Logo que cheguei em casa quis contar para todo mundo que a gente tinha uma outra professora, substituta, como a Ruth falou.

— Eu sei, ela se chama Andréia — disse a mamãe.

— A Aninha logo vai dar à luz — falou o papai —, então ela vai ter de tirar uma licença e deixar a escola na mão.

— Acontece a mesma coisa com duas professoras minhas, a de Geografia e a de Português — falou a Júlia. — E parece que também há duas outras professoras que vão tirar licença-maternidade. É uma festa de partos!

Então eu fiquei bravo porque percebi que antes de eu contar todo mundo já sabia do bebê da Aninha e da entrada da Andréia. Mas eu quis ter certeza disso e perguntei:

— Vocês já sabiam da troca de professoras?

— Sim — respondeu a mamãe.

— E por que não me contaram nada? — perguntei.

— Foi uma decisão da equipe pedagógica da escola — explicou a mamãe. — Contar antes poderia causar um trauma em vocês, deixá-los perdidos e abalar a relação de vocês com a Aninha. E como a relação professor-aluno é a coisa mais importante que existe na educação, foi preciso proteger a todos e deixar vocês sem saber de nada até a última hora.

— É uma mentira pedagógica — falou a Júlia sorrindo.

— É brincadeira da Júlia — disse a mamãe. — Não é mentira de verdade: é apenas não falar a verdade. Mas não pode nunca falar mentira de verdade, aquela que diz o contrário da verdade. Entendeu, Tomás? Isso não pode. Nunca.

— ...

Eu fui para o meu quarto meio confuso com essa história toda de trauma, de relação professor-aluno e também de mentira pedagógica que não é mentira de verdade. Deve ser mentira de mentirinha. Mas o que eu sei é que não gostei de todo mundo já saber da Andréia e eu não. No domingo percebi que até o Vô Chico e a companheira dele, a Lua, sabiam da troca de professoras, porque quando eu fui contar para eles, meu avô falou:

— Eu sei, a Aninha está num estado interessante, então não tem jeito, tem que parar de trabalhar. Como se chama a professora substituta?

— Andréia — eu falei todo contente, porque até que enfim eu estava contando alguma coisa que alguém não sabia.

— Como acharam essa Andréia? — perguntou a Lua para a mamãe.

— Simpática — respondeu a mamãe.

— Não, eu quis dizer, como a localizaram para contratá-la?

— Ah! Olha, fiquei sabendo que foi difícil achar uma professora substituta. Já é difícil achar bons profissionais em geral, que tenham vocação, imagine em pleno semestre. Ela é novinha de tudo, e acho que ainda nunca assumiu uma classe sozinha. Mas, paciência. Vamos ver. De qualquer forma, a coordenação pedagógica vai ficar de olho no trabalho dela, sobretudo no que diz respeito à relação dela com os alunos.

— O mais importante não é ela conhecer bem as matérias? — perguntou Vô Chico.

— No seu tempo era assim — explicou a mamãe. — Hoje em dia, não mais. Hoje em dia o bom professor é aquele que sabe lidar bem com a turma.

— Ser um líder — falou o papai — para formar muitos líderes, muitos vencedores. Não é, Tomás?

— Se a educação der certo, com tantos líderes e tantos vencedores, não vai sobrar mais ninguém para obedecer e perder — falou a Júlia, que sempre presta atenção em tudo.

— A Júlia tem razão: vai ter muito cacique para pouco índio — disse Vô Chico.

— O problema maior dos professores de hoje — prosseguiu a mamãe — não é tão chique como vocês estão falando. O problema maior é segurar a turma, conseguir silêncio na sala de aula, impor respeito, evitar a bagunça, a indisciplina, e até a violência. O bom professor consegue fazer isso.

— Basta ameaçar com castigo — disse Vô Chico. — É assim que se fazia na minha época e o medo é o melhor conselheiro.

— Não funciona mais — explicou a mamãe.

— Concordo — disse a Júlia. — Hoje em dia as pessoas têm medo de tanta coisa que um medo a mais ou a menos não faz a menor diferença.

— Então tem que apelar para outras formas de educar — continuou a mamãe. — Tem que saber motivar os alunos e conversar com eles cada vez que algo vai mal. Por exemplo, se tem bagunça, tem que parar a aula e conversar. Se tem desrespeito, a mesma coisa, tem que conversar, pois alguma coisa está indo mal na relação professor-aluno. É preciso averiguar. Mas, para isso, é preciso ter, além da vocação, experiência. A Andréia é tão novinha, coitadinha. Enfim, vamos ver...

Eu estava achando muito interessante essa história de que ser bom professor é saber segurar a turma e achei que seria bom a galera da minha classe ficar sabendo disso. Eu estava pensando no assunto quando a Lua me perguntou:

— Tomás, vocês gostaram da Andréia? Ela despertou alguma coisa em vocês?

Eu não entendi esse negócio de despertar alguma coisa na gente depois do recreio, então eu usei a mentira pedagógica: não respondi.

***

Na segunda-feira de manhã, antes de entrar na classe para a estreia da Andréia, contei para algumas pessoas da classe o que eu tinha ouvido em casa a respeito do bom professor:

— A mamãe disse que bom professor é aquele que não deixa fazer bagunça e que conversa o tempo todo com os alunos.

— Então a Aninha foi piorando como professora — falou o Felipe. — Lembram: no começo ela conversava muito com a gente, mas ultimamente ela só mandava a gente para a coordenação.

— Daí a gente conversa com a Neidinha e a Carminha. Boa coordenadora deve ser igual a boa professora: conversa — disse o Allan.

— É, mas dá castigo também — lembrou a Fernanda. — Conversa, conversa e dá advertência. Sem conversa seria mais rápido.

— A mamãe também falou que essa Andréia é muito novinha e que nunca deu aula.

— Quando eu contar isso para o meu pai, ele vai ficar furioso — disse o chato do Lucas.

— Por quê?

— Porque ele sempre diz que paga a escola e que então eu tenho direito aos melhores professores, esses que não deixam fazer bagunça que vocês falaram. Se a nova professora nunca deu aula, então ela não pode ser boa e vão ter que dar o nosso dinheiro de volta.

— Eu tenho uma ideia — disse o Felipe. — Vamos testar a nova professora?

— Como assim? — eu perguntei.

— A gente faz um pouco de bagunça para ver como ela faz, para ver se ela é boa. Que tal?

— Ótimo – disse o chato do Téo. – Gostei da ideia. Vamos começar já.

— Não é assim – falou o Felipe. – A gente tem que combinar direito como fazer para todo mundo não levar castigo. A gente faz como fez para descobrir o segredo da risada da Irmã Dulce: a gente bola um plano.

A gente achou boa a ideia do Felipe, mas não deu para combinar nada porque tocou o sinal e a gente subiu para a sala de aula.

Quando a gente chegou, a Andréia já estava lá, andando em volta da mesa onde ela tinha colocado um monte de livros. Quando ela viu a gente chegar, ela respirou bem fundo, tossiu, ficou vermelha e falou:

— Bom dia, crianças. Podem sentar nos seus lugares. Eu espero.

E ela esperou até a gente sentar. Então ela falou mais:

— Eu já sei que vai ser muito bom estar com vocês e já percebi um clima ótimo entre nós. Eu adoro ser professora, sei que é uma vocação. Estudei muito para me preparar e acho que já estou pronta para trabalhar com vocês. A Aninha e as coordenadoras já me passaram a matéria que vocês já estudaram e nós já vamos começar daqui a pouco, mas antes eu gostaria de conhecê-los melhor. Então, eu vou pedir a cada um de vocês que me diga o seu nome e o que fazem os seus pais. Quero saber de seus pais porque eu valorizo demais o trabalho das pessoas. O trabalho dá sentido à vida, como vocês talvez já tenham percebido.

Então cada um foi falando o nome e o que os pais fazem. Nós tivemos bastante sorte porque a Andréia disse que gostava de todas as atividades dos nossos pais. Quer ver? Quando soube que a mãe da Sofia é psicóloga, a Andréia falou que adorava psicologia, que já havia lido muitos textos de psicologia e que psicólogos eram como professores: ajudavam as pessoas a viver melhor. Quando o Marcos falou da mãe, que é artista, ela disse que admirava muito quem sabia criar coisas para tornar as pessoas mais alegres e felizes. Quando o Felipe disse que o pai dele era professor de línguas na universidade, ela respondeu que o sonho dela era um dia poder dar aula numa universidade, porque ela tinha vocação para isso também. Quando eu falei do papai, que o Vô Chico diz que é comerciante, mas papai diz que é empresário, a Andréia falou que tinha inveja das pessoas que se arriscavam no seu próprio negócio e que ajudavam a todos por produzir riquezas para o país. Quando a Fernanda falou da mãe dela que é médica, a Andréia disse que tinha pensado em fazer medicina, e que ser médico era um pouco como ser professor: é cuidar das pessoas. Ela falou coisa parecida quando o Marcelo falou de sua mãe, que é enfermeira e dá injeções. E quando a Zilda, sempre a última a ser chamada por causa do nome, falou que os pais dela não trabalhavam porque eram muito ricos e viviam de renda, a Andréia falou:

— Que sonho de vida!

A professora substituta (2)
O TESTE

No mesmo dia, no recreio, a gente reuniu toda a turma para combinar o que a gente ia fazer para ver se a Andréia é boa professora ou não. Eu expliquei de novo que a mamãe disse que uma boa professora só é boa se sabe lidar com os alunos e não deixa que eles façam bagunça.

— Já sei – disse o chato do Lucas. — A gente começa a falar um monte de palavrão e a xingar a Andréia. Vamos ver como ela reage.

— *Tá* louco? – falou o Felipe. — Fazer isso é muito grave e a gente vai ser expulso da escola. Vamos *pegar leve*.

— Então, que tal a gente, quando chegar, sentar de costas para a Andréia? – falou o Téo. — Vai ser engraçado.

— Ah não, isso eu não faço! – disse a Fernanda. — Ela vai pensar que a gente não gosta dela, coitada. Mas eu gostei dela, é boazinha. Vamos achar outra coisa.

— Que tal a gente trocar de posição quando chegar *na* classe? – propôs o Allan.

— Como assim, trocar de posição? – eu perguntei.

— A gente troca de lugar. Você senta no meu lugar, eu no do Bruno, o Bruno no lugar da Fátima, a Fátima no lugar da Zilda, que é para confundir o adversário.

A galera achou que era uma ideia engraçada, e leve. Então a gente combinou a troca direitinho e, quando chegamos, cada um ficou no lugar do outro, menos a Andréia que ficou na frente e fez cara de surpresa.

— Vocês já estavam nesses lugares antes do recreio?

Ninguém falou nada, todo mundo olhando para baixo.

— Ah, já sei. É um jeito de dar movimentação às aulas, para que não fiquem chatas como antigamente. Bacana. A coordenação não tinha me falado nada sobre isso, mas eu acho que eu já gostei. Mas vocês se esqueceram de pegar seu próprio material, não é? Podem pegar já, por favor. Eu espero.

Daí, foi a maior bagunça, uns levantando para pegar o material, outros pedindo ao colega que o passasse, uns esbarrando nos outros e falando bem alto. Até que a Andréia falou mais alto ainda.

— Parem! Precisamos conversar.

E a gente parou para ver o que ia acontecer e se a Andréia ia passar no teste.

— Meus queridos — ela disse —, eu acho que vocês estão brincando comigo. Se vocês já tivessem o costume de trocar de lugar, o fariam direitinho, sem tanta confusão. Vocês decidiram me gozar, não foi?

Então, mesmo sem ter combinado nada, a gente usou o truque da mentira pedagógica: ninguém respondeu.

— Que delícia — falou ela rindo. — Adoro humor, porque o humor faz as pessoas mais felizes. E eu agradeço a vocês por esse momento de descontração. Mas agora, por favor, voltem para seus lugares de origem e vamos recomeçar a aula.

E a gente fez o que ela pediu. No final da aula, o chato do Lucas comentou que a Andréia não tinha passado no teste:

— Ela não deu castigo, então não sabe segurar a turma. Vamos pedir nosso dinheiro de volta.

— Não concordo — disse o Felipe. — A gente não acabou voltando nos nossos lugares? Não fez o que ela queria? Ela descobriu o truque e até riu!

— Gol de placa da Andréia — falou o Allan. — Mas precisamos fazer mais testes, é só o começo da partida.

Então a gente combinou que combinaria outra coisa para ver se a Andréia é realmente uma boa professora.

A próxima coisa que a gente combinou, alguns dias depois, foi todo mundo pedir para ir ao banheiro, um depois do outro. Quando a gente quer ir ao banheiro, tem que levantar a mão e pedir permissão à professora. Assim está escrito no regulamento da escola, que é bem completo e prevê quase tudo. Até isso.

O primeiro a levantar a mão foi o Bruno.

— O que foi Bruno? — perguntou a Andréia.

— Preciso ir ao banheiro.

— Claro, Bruno. Pode ir, mas volte logo que já vamos começar a estudar uma coisa importante. Eu espero.

O Bruno até que voltou bem rápido porque ele não tinha nada que fazer no banheiro e acho que nem foi até lá.

— Parabéns, Bruno. Já voltou bem rapidinho. O que foi, Fátima?

A Fátima era a próxima do nosso combinado e ela pediu para ir ao banheiro também.

— Está bom, querida. Mas volte tão rapidamente quanto o Bruno, ok? Eu espero.

E ela esperou a Fátima voltar e, quando disse que já ia começar a nova matéria, eu levantei a mão e pedi para ir ao banheiro.

— O que vocês beberam em casa de manhã? — perguntou a Andréia, mas a gente não respondeu nada porque não tinha previsto essa pergunta. — Pode ir, Tomás. Eu espero.

Depois de mim, foi a vez da Fernanda, depois do Allan, depois do Lucas e depois seria o Felipe, mas ele não pôde ir porque a Andréia falou, meio rindo:

— Gente, vamos conversar. Vocês já estão me gozando de novo, não é? Não é fisiologicamente possível tanta gente querer ir ao banheiro em tão pouco tempo. E eu já nem consigo dar a minha aula. Olha, vou dar uma advertência a vocês.

Daí, a gente ficou no maior silêncio, e ela continuou:

— Brincadeirinha, gente. Não vou dar não. Mas vamos já começar a nova matéria.

Daí a Fátima levantou a mão e disse que queria ir ao banheiro, mas a Andréia não deixou e deu o maior rolo porque a Fátima precisava mesmo ir ao banheiro e, no dia seguinte, a mãe dela veio à escola perguntar por que não deixaram a filha dela fazer as necessidades naturais, que absurdo. E quando a Andréia entrou na sala de aula, depois da gente pela primeira vez, ela parecia meio triste. Mesmo assim a gente resolveu aplicar o novo teste que a gente tinha bolado: passar pedaços de papel uns para os outros, como se fossem mensagens.

Cada um de nós tinha trazido de casa vários pedaços de papel dobrados, que a gente começou a passar tentando fazer escondido da Andréia, mas nem tanto, porque se ela não visse nada não dava para testar sua capacidade de lidar com a turma.

No começo, ela não disse nada, mas eu acho que ela estava fingindo não ver, porque não é possível não reparar em tanto papel indo de um lado para outro. E a gente continuou devolvendo uns para os outros os papéis que a gente já tinha recebido. Um pouco depois, ela comentou:

— Vocês estão meio agitados hoje de manhã.

Ela continuou a aula e a gente continuou o teste. A Andréia fingiu um pouco mais que não via nada, mas acabou não aguentando e falou:

— Gente, precisamos conversar! Felipe, por favor, me traga esse bilhete que você acabou de receber de não sei quem.

Mas o Felipe nem precisou trazer porque a Andréia foi até a carteira dele e pegou o papel e abriu.

— Não tem nada escrito nesse bilhete! O que significa isso?

— É mensagem secreta — respondeu o Felipe, que tem sempre boas ideias na hora de falar.

A gente riu e achou que a Andréia ia rir de novo, como nos dois primeiros testes, mas ela não riu e mandou a gente entregar todas as mensagens secretas para ela. Ela abriu uma por uma, percebeu que não tinha nada escrito, mas aí aconteceu algo diferente no teste: num dos pedaços de papel estava escrito "A Andréia é feia".

— Quem escreveu isso? — ela perguntou com cara de chateada.

Ninguém respondeu, mas não foi mentira pedagógica porque ninguém sabia mesmo. O combinado era não escrever nada, apenas passar os pedaços de papel dobrados. Mas alguém escreveu "A Andréia é feia" e como quem escreveu não falou, a gente não sabia quem tinha sido, nem a Andréia. Então ela perguntou de novo e, de novo, ninguém respondeu.

Então a Andréia baixou os olhos, suspirou, jogou todos os pedaços de papel na lata de lixo, e continuou a aula com jeito ainda mais triste do que quando começou.

No recreio, a gente comentou o resultado do terceiro teste. O primeiro a falar foi o Felipe:

— Tem um traidor entre nós. A gente combinou não escrever nada e alguém escreveu. Não vale.

— Eu que não fui — disse o Téo, e o Lucas falou imediatamente a mesma coisa. Daí todo mundo foi falando que não tinha escrito aquilo e ficamos sem saber quem era o traidor.

— Acho que ela não passou no teste — falou o Téo. — Ela não fez nada. Eu teria expulsado toda a classe.

— É, ela foi meio mole — disse o Bruno. — A Aninha teria chamado as coordenadoras.

— E elas teriam falado com as Irmãs — falou a Fernanda.

— Mas ainda não tem CQD — eu falei, lembrando a expressão do Felipe. — Ela foi bem nos dois primeiros testes. Vamos fazer mais alguns.

Os próximos testes, a gente fez sem querer porque nem precisou combinar. Um dia, o Allan, a Fernanda e o Bruno não fizeram a lição de casa e a Andréia disse que precisávamos conversar e que lição de casa era muito importante para o futuro da gente, mas ela não deu castigo para eles e mandou eles trazerem a lição no dia seguinte, mas como eles não trouxeram, ficou para o dia seguinte do seguinte. Noutro dia, em plena aula, a Fátima deu um tapa na orelha do Téo, que senta perto dela, fez o maior barulho, e a Andréia disse que precisávamos conversar de novo e perguntou o que tinha acontecido, e a Fátima disse que o Téo estava espalhando que ela fazia xixi na cama, mas que isso não era verdade fazia muito tempo. Então ela falou para o Téo que era muito feio espalhar coisas sobre as outras pessoas e que ela tinha certeza de que nunca mais ele faria isso e não deu castigo. No dia seguinte ele espalhou que a Fernanda estava apaixonada pelo Carlinhos, o professor de Educação Física, e a Fernanda xingou ele, o Téo, bem alto, durante a aula, e a Andréia conversou com a gente sobre respeito e amor ao próximo, mas não deu advertência ao Téo. Aí, durante o recreio ele falou:

— Viu? Ela deixa a gente fazer o que quer. Ela fala, fala, e nada.

— É verdade, ela não economiza palavras — comentou o Samuel.

— Ela não segura a turma — disse o Lucas —, e já falei disso com meu pai, que falou que ia falar com a diretora.

— Mas os últimos testes não foram testes de verdade porque a gente nem combinou nada — disse o Leonardo.

— É, foram situações clássicas — disse o Felipe, mas ninguém entendeu direito o que ele quis explicar.

— Então, vamos fazer mais um teste bolado pela gente, só esses valem de verdade — falou o Leonardo.

— Tenho uma ideia — disse o Allan.

Daí o Allan explicou a ideia dele e todo mundo gostou e a gente combinou de aplicar o novo teste no dia seguinte, uma quinta.

E, na sexta, a Andréia faltou na aula.

***

No sábado, durante o almoço em casa, a mamãe comentou:

— A nova professora do Tomás, a Andréia, está numa enrascada.

— O que aconteceu? — perguntou o papai.

— Parece que ela foi meio grossa falando com uns pais, que não gostaram nada do jeito dela e telefonaram para a escola para reclamar.

— Que falta de ética! — disse o papai. — Eles estão certos em reclamar. A gente paga a escola, não é para ouvir desaforo de funcionário.

— Professora, Giovane, não funcionário.

— Dá na mesma — respondeu o papai. — Mas por que ela faltou com o respeito com esses pais? O que houve?

Eu sabia o que tinha acontecido e vou contar para vocês. O último teste que a gente tinha bolado era assim: alguns alunos iam pedir a seus pais que ligassem no celular deles durante a aula, para ver como a Andréia reagiria porque, no regulamento da escola, está escrito que é proibido usar celular durante as aulas, mas como eram os pais da gente chamando, a gente não poderia receber castigo. Como nem toda a galera tem celular – eu não tenho porque a mamãe não deixa –, a gente combinou que aqueles que tivessem iam pedir aos pais para ligar. No dia seguinte, na quinta, a gente ficou sabendo que muitos pais se recusaram a ajudar a gente no teste, mas que alguns acharam engraçado fazê-lo e, então, toparam ligar. E ligaram. O primeiro foi o pai do Lucas e aí, quando tocou o celular dele, a Andréia, que estava escrevendo na lousa, virou imediatamente para ele e disse:

– Ouvi um celular! Lucas, me dê imediatamente esse celular.

O Lucas ficou tão surpreso que entregou o celular sem desligar e daí a Andréia atendeu e, quando soube que era o pai dele ligando, ela disse:

– Aqui é a professora Andréia falando. Aconteceu algo? Trata-se de uma urgência? ... Não? ... O senhor me desculpe, mas muito me admira que um pai ligue para o seu filho em plena aula apenas para conversar com ele, atrapalhando seus estudos e os estudos de seus colegas. Isso não está certo. E agora devo continuar a minha aula. Até logo.

E desligou o celular.

A gente nunca tinha visto a Andréia brava, mas agora a gente viu. Ela nem falou para o pai do Lucas "vamos conversar", já foi dando bronca. E logo depois tocou outro celular, o da Fernanda. Fazia parte do plano. E aconteceu a mesma coisa: a Andréia pegou o celular e falou com a mãe da Fernanda:

— É a professora Andréia falando. Há alguma urgência? ... Não? ... Sinceramente, minha senhora, não entendo como uma mãe pode agir dessa forma com a filha, impedindo-a de se concentrar nos estudos. Sinceramente, creio que é um absurdo. Peço que me desculpe, mas vou continuar a minha aula. Até logo.

E desligou. E ela fez a mesma coisa com o pai do Allan e com a mãe da Sofia e daí o resto da turma resolveu desligar os celulares porque o teste estava ficando perigoso.

Mas como a mamãe, que estava falando dos problemas da Andréia durante o almoço em casa, não sabia do nosso teste, ela respondeu ao papai que não sabia bem por que, naquele dia, tanto pai tinha resolvido chamar os filhos. Ela falou:

— Isso acontece de vez em quando, porque existem alguns pais mal-educados, mas é realmente estranho que tantos tenham decidido ligar no mesmo dia e na mesma classe. O fato é que a direção da escola ficou abalada com o acontecido. Por um lado, a Andréia teve razão em reclamar porque ela aplicou o regulamento. Mas, por outro, falar bravo com pais é complicado e eles ameaçaram retirar os filhos da escola.

— E o que a direção vai fazer? — perguntou a Júlia.

— Não sabem ao certo, mas a Ruth, a diretora, falou em mandar a Andréia embora para não ter mais problemas com pais. Ela já teve problema nos primeiros dias impedindo uma aluna de ir ao banheiro, e a mãe foi até a escola pedir satisfação.

Mandar a Andréia embora, eu pensei. Pobre Andréia! Ela ia perder o emprego por causa da gente que só queria fazer uns pequenos testes para ver se era boa professora. Daí eu fiquei com vergonha. E resolvi contar para a mamãe.

— Não podem mandar a Andréia embora — eu falei. — Foi a gente que combinou que os pais deveriam ligar para nós durante a aula. Foi um teste.

— Como assim, Tomás? Que teste? Explique tudo direitinho.

Então expliquei tudo direitinho, falei da troca de lugares, dos pedidos para ir ao banheiro, das mensagens secretas e dos celulares.

— Foi tudo para ver se ela era uma boa professora, que sabe lidar com a turma, não deixa fazer bagunça, como você falou um dia.

A mamãe nem respondeu, ficou em silêncio um tempão e depois falou "Meu Deus!". Daí, eu e ela bolamos outro plano.

***

Na segunda-feira, logo cedo, a classe toda foi até a sala da diretora contar o que havia acontecido para a Ruth, pedir desculpas e pedir para a Andréia ficar porque ela é muito legal e tinha passado nos testes. A gente tinha combinado isso por telefone no final de semana. Então a Ruth, junto com a Carminha e a Neidinha, as coordenadoras, ouviu a gente, mandou a gente de volta para a sala e pediu para esperar. Passou um tempinho e a Andréia entrou na sala com a Ruth e a Irmã Dulcinéia.

— Está tudo explicado — disse a Ruth —, e quero que vocês peçam desculpas imediatamente para a Andreiazinha.

— Desculpa — a gente falou todos juntos.

Daí a Irmã Dulcinéia falou:

— A Irmã Dulce não está aqui porque ela está rezando pelas almas de vocês e pela alma de alguns de seus pais. Mas Deus escreve certo por linhas tortas e tenho certeza de que, daqui para frente, a relação de vocês com a Andreiazinha será das melhores, não é, crianças?

— É — a gente respondeu de novo todos juntos.

E ela e a Ruth foram embora, a Andréia não comentou nada e começou a dar aula. A gente fez o maior silêncio e prestou tanta atenção na matéria que nem precisou estudar em casa de noite.

No recreio, o Allan comentou:

— Vocês viram? Estão chamando a Andréia de Andreiazinha.

Daí o Felipe explicou:

— É que agora ela foi definitivamente admitida como professora da escola.

Que bom! Porque ela é muito legal e não deixa a turma dos pais fazer bagunça.

O parapsicólogo

Ontem à noite aconteceu uma palestra aberta para todos os professores, todos os coordenadores, todos os alunos e também todos os pais de todos os alunos. Até as Irmãs Dulce e Dulcinéia apareceram acompanhadas da Ruth, a diretora. A palestra foi marcada para inaugurar o novo teatro que fizeram lá na escola, um teatro bem grandão, com poltronas *mó* chiques e um palco bem alto com cortina que abre e fecha. O palestrante convidado foi um cara com um nome tão estranho quanto as coisas que ele tentou falar para a gente: Doutor Devanildo Ovinis Mirajos Primo. Foi a Andreiazinha, a professora substituta da Aninha, que teve neném, o Tiaguinho, que avisou da palestra.

— Gente, na semana que vem já vai ter uma palestra para inaugurar o novo teatro da escola. Estão todos convidados e seus pais também e eles já vão receber um convite por escrito.

— Quem vai ser o ilustre palestrante? — perguntou o Felipe, que fala tudo como gente grande.

— Vai ser um palestrante famoso chamado Doutor Devanildo Ovinis Mirajos Primo. Ele é parapsicólogo.

— E a palestra é para a gente também? — perguntou o Allan.

— Claro, Allan, é sobre parapsicologia e interessa a todos.

— O que faz um *parapissicólogo*? — perguntou a Fátima.

— Eu sei — disse o Leonardo. — É um cara que tem poderes mágicos e faz coisas que mais ninguém faz.

— Como você sabe? — perguntou o chato do Téo.

— Eu sei porque a minha tia Lurdes também tem esse tipo de poder mágico e ela fala toda hora em parapsicologia.

— Duvido que ela tenha superpoderes — desafiou o Téo. — Prova.

— Quer ver? — falou o Leonardo. — Ela às vezes vê coisas na frente dela que ninguém mais vê e...

— Então é louca — falou o Lucas.

— Não é louca, não — rebateu o Leonardo. — Sabia que, quando ela sonha, as coisas do sonho dela acontecem depois? Viu que poder?

— Grande vantagem! — falou o Lucas. — Isso não é superpoder. Superpoder é decidir se as coisas vão acontecer ou não.

— Andreiazinha, o Doutor Devanildo vai sonhar no palco para a gente ver? — perguntou a Sofia.

— Na verdade, um parapsicólogo é uma pessoa que estuda esses fenômenos estranhos, como as visões e os sonhos premonitórios da tia Lurdes do Leonardo, mas nem sempre são capazes, eles mesmos, de produzi-los. Mas, no caso do Doutor Devanildo, ele é famoso porque é capaz, entre outras habilidades, de ver através das coisas. Ele tem uma espécie de visão de raio X.

— Como assim? — perguntou a Fátima.

— Por exemplo, você coloca uma carta virada na mesa e ele diz que carta é.

— Entendi, é campeão de pôquer — falou o Lucas.

— Poderia ser, mas ele afirma que seria falta de ética ele jogar.

— Como o papai fala — eu disse.

— Mas uma vez que o tema interessa a vocês, eu já tenho uma ideia. Vocês vão fazer uma pequena pesquisa para a semana que vem. Vocês vão perguntar a seus familiares e amigos o que eles acham da parapsicologia e se também já aconteceram coisas estranhas com eles ou com conhecidos.

— Acho que sou parapsicólogo também — disse o Samuel.

— Ah é? — eu falei. — Por quê?

— Porque meus sonhos são sempre estranhos.

— Se for assim, todo mundo é *parapsicológico* — disse o Bruno.

— A gente diz "parapsicólogo", e não *parapsicológico* — corrigiu a Andreiazinha.

— Então vai ser fácil entender a palestra — eu disse.

A gente queria discutir mais o assunto, mas a Andreiazinha mandou a gente ficar quieto e disse que voltaria a falar de parapsicologia depois da pesquisa.

***

Eu fiz a pesquisa no domingo, quando o Vô Chico e a Lua costumam vir almoçar em casa. A Mariflores estava servindo os aperitivos e o cinzeiro para o Vô Chico quando eu perguntei a todos se costumavam acontecer coisas estranhas com eles.

— Como assim, coisa estranha? — perguntou o papai.

— Tipo sonhar e as coisas do sonho acontecerem depois, ou ver coisas que não existem e que ninguém mais consegue ver.

— Ah! Fenômenos anômalos — falou Vô Chico.

— Anômalo quer dizer estranho? — eu perguntei.

— Sim, quer dizer coisas que não são normais. Por exemplo, há pessoas que dizem que são capazes de se comunicar com outras pessoas através do pensamento, sem falar com elas. Dizem que são capazes de telepatia.

— O senhor consegue *tevepatia*? — eu perguntei. — Eu nunca tentei.

— Telepatia, Tomás, não *tevepatia* — respondeu Vô Chico. — Mas, na verdade, ninguém consegue. É um mito. Há pessoas que acreditam nessas bobagens, e há outras que se aproveitam dessa crença, como os curandeiros.

— O que é um curandeiro? — perguntei.

— *Deixa* eu explicar. É, por exemplo, alguém que diz que é capaz de curar as pessoas apenas tocando-as com as mãos.

— Desculpe me intrometer, Seu Chico, mas isso não é bobagem não — falou a Mariflores. — Eu vi na televisão, com meus próprios olhos, um homem operar uma pessoa só com as mãos. Ele tirava um monte de coisa da barriga dela, e depois não havia nem cicatriz. Fechou assim de repente. Muita gente assistiu também.

— E você acredita nisso, Mariflores? — perguntou a mamãe. — Não é possível. Só Deus pode fazer milagres.

— Mas eu vi na televisão, Dona Norma. Eu vi.

— Era truque, Mariflores — falou Vô Chico. — Que nem filme.

— Não era filme não senhor, Seu Chico, era reportagem. Eu vi.

Daí a Lua disse que podia ser verdade mesmo, pois havia vários mistérios no mundo, vai saber. Ela explicou:

— Por exemplo, aconteceu comigo algo estranho na época que eu tinha consultório. Eu tinha um paciente, muito depressivo, que vinha uma vez por semana, e cada vez que ele vinha para o consultório, começava a chover. A cada vez!

— A consulta era no final da tarde, no verão? — perguntou Vô Chico.

— Era. Como você adivinhou? — perguntou a Lua.

— Vô Chico também é parapsicólogo — eu falei. — Legal! A turma da escola vai ficar com inveja.

— Não precisa ser parapsicólogo nem bidu: é no final da tarde que costuma chover, no verão. É coincidência normal.

— Também acho normal — falou a mamãe. — Ainda bem.

— Seria normal se eu o atendesse apenas durante o verão. Mas foi o ano inteiro assim. Ele chegava e começava a chover. Tanto que, nos dias que ele vinha, eu já levava guarda-chuva. Como explicar esse fenômeno? É tão espetacular quanto o curandeiro da Mariflores: mexe com a natureza. Um dia perguntei a ele se tinha reparado que chovia cada vez que vinha. Ele tinha reparado, mas não sabia explicar, disse que não era algo voluntário, e que o fenômeno o deixava mais deprimido ainda. Devia ser o inconsciente dele, que tem tantos mistérios.

— Viu, Seu Chico? — falou a Mariflores.

— Quanto tempo durou a psicanálise desse São Pedro depressivo? — perguntou Vô Chico.

— Um ano apenas, mas a chuva não falhou em nenhuma sessão. Depois ele se mudou para o sertão nordestino, porque ele queria ver muito sol.

— Acabou a seca por lá? — perguntou a mamãe. — Seria uma prova.

— Não que eu saiba — respondeu a Júlia, que presta atenção em tudo, mesmo ouvindo o seu Ipod. — Vai ver que não tem psicanalista por lá.

A Lua não gostou da explicação da Júlia e disse que ela e Vô Chico eram racionais demais, que só acreditavam no que viam e que eles nunca teriam inventado a psicanálise, porque não dá para ver o inconsciente.

— É, pensando bem, pretender, como a psicanálise, curar as pessoas apenas pela palavra não deixa de lembrar parapsicologia — falou Vô Chico.

— Mas você fez análise anos e anos! — respondeu a Lua. — Então acredita.

— Não era para me curar, que eu não tinha nada. Era para eu poder conversar a respeito de mim com alguém, só isso. Era para a terapeuta me conhecer melhor e me dar uns toques.

— Como o curandeiro da reportagem que eu vi — falou a Mariflores. — Ele dava uns toques nas pessoas e elas curavam. Dona Lua, psicanalista é como curandeiro?

A conversa durou um pouco mais e depois do almoço eu fui até meu quarto escrever a minha pesquisa:

Para a mamãe, o único parapsicólogo de verdade é Deus. Para o Vô Chico, não existe nada disso, nem pessoas que ele chama de bidu, e psicanálise é só conversa. A Lua acha que a parapsicologia tem a ver com chuva, mas a Júlia, minha irmã, duvida que isso aconteça no Nordeste. A Mariflores, nossa empregada, acredita em parapsicologia porque viu uma na televisão. E meu pai acha que tudo na vida é esforço e destino, mas não deu para saber se acredita ou não em parapsicólogos. E todos, mesmo a Júlia e o Vô Chico, disseram que vão assistir à palestra porque é preciso prestigiar a escola.

***

Quando foi o dia de apresentar a nossa pesquisa sobre parapsicólogos, deu muita discussão legal.

— Tem uma prima minha, a Joana, que ouve vozes — contou o Leonardo. — Mas falaram que ela não é parapsicóloga porque tem outro nome complicado: *esquilocênica*, ou uma coisa assim.

— Esquizofrênica — corrigiu a Andreiazinha. — É distúrbio mental, coitada.

— Eu tenho um tio-avô que tinha poderes de verdade — falou o Allan, todo orgulhoso. — Ele era capaz de falar com os espíritos.

— Então também é esquizofrênico — falou o Felipe, que já tinha decorado essa palavra.

— Não era, não. Ele falava com os espíritos das pessoas que já morreram. Me contaram que ele fazia isso em torno de uma mesa e que a mesa girava sozinha.

— Foi terremoto! — disse a Fátima.

— Bebeu demais! — disse o Lucas.

— Não encham! Vocês estão com inveja que não tem parapsicólogo na família de vocês.

— Eu tenho um tio paraplégico — falou o Téo. — Não serve?

— Falaram que um antepassado nosso tinha grandes poderes — falou o Samuel. — Ele conseguia fazer com que o mar se abrisse na frente dele, deixava ele passar e depois se fechava de novo.

— Moisés não vale — falou o Felipe. — Porque daí, se valer, eu também tenho um antepassado que multiplicava pães e peixes e fazia muitas coisas mais, incríveis. Até ressuscitava mortos e conseguiu ressuscitar ele mesmo.

— Falar dos poderes de Deus é outra coisa — disse a Andreiazinha. — Não vamos misturar gente normal com Deus.

— Parapsicólogo é gente normal? — eu perguntei.

— Sim, mas tem faculdades paranormais — respondeu a Andreiazinha.

— Óbvio — falou o Felipe.

A gente foi conversando um pouco mais e, pela pesquisa, percebemos que a maioria dos pais da gente não acredita nessa coisa de parapsicologia. Mas todos disseram que estariam na palestra do Doutor Devanildo Ovinis Mirajos Primo.

***

Chegou a noite da palestra, que foi ontem. Chovia muito, mas muito mesmo.

— Vamos embora logo, senão a gente chega atrasado — disse a mamãe.

Então o papai, a mamãe e a Júlia, com suas garrafinhas d'água, entraram no 4.4 turbo alto e preto do papai, o Paris-Dakar. E eu entrei também. Papai acendeu todos os faróis, como sempre faz, mesmo de manhã, mas agora precisava mesmo, por causa das nuvens escuras e da chuva, e a gente foi embora. O caminho foi muito demorado porque tinha tanto carro e tanta chuva que não deu para o papai dar olés e ultrapassar todo mundo. Mas chegamos na hora e a gente viu que o Vô Chico e a Lua já estavam lá, na frente do novo teatro.

— Seria um desrespeito para com a escola chegar atrasado — disse ele.

Pelo jeito, apesar da chuvona, que ainda caía forte, ninguém chegou atrasado porque, quando entramos no teatro, ele já estava cheio. E ficamos sabendo que a única pessoa que ainda não tinha chegado era o Doutor Devanildo Ovinis Mirajos Primo.

A espera pela chegada do Doutor Devanildo foi bem comprida.

— Esse atraso não é normal — falou o papai.

Mas ele finalmente chegou e a Ruth, a diretora da escola, subiu no palco, agradeceu a presença de todos apesar da chuva e disse que era uma grande honra para a escola receber entre nós um ilustre palestrante que ela chamou para subir no palco também. Daí um pequeno homem, careca, de terno e de óculos tipo fundo de garrafa levantou e se dirigiu para a pequena escada que dá no palco, mas, quando ele pisou no primeiro degrau, acabou a luz e a gente ouviu um barulhão. A luz logo voltou e a gente viu o Doutor Devanildo caído ao lado da escada e a Ruth quase caiu também quando foi ajudá-lo a levantar. Mas ele estava bem e subiu no palco, mancando só um pouquinho.

— A visão de raio X dele não funciona no escuro — cochichou a Júlia.

Ele pegou o microfone e começou a falar com uma voz meio estranha, muito fina, sei lá.

— Eu queria agradecer o gentil e honroso convite que a mim foi feito para vir a esta escola renomada falar consigo de fenômenos tão reais quanto fabulosos. Mas peço que tenham um pouco de paciência porque, como houve uma pane de energia elétrica, devemos reiniciar o computador para que vocês possam ver *slides* extraordinários.

Demorou um pouquinho, o *data-show* ficou pronto e a primeira imagem que o Doutor Devanildo mostrou foi uma foto dele com a família tomando café da manhã. Foi realmente estranho.

— Desculpem, carregamos o programa errado. Esse é um arquivo de família.

Daí todo mundo riu, menos o parapsicólogo que olhou fixamente para a plateia, que logo fez silêncio. Deve ter sido de medo que ele empregasse seus poderes contra a gente. Vai saber.

— Pronto, agora podemos começar — disse ele com a voz mais fina ainda. — Começarei minha palestra com um exemplo, com um fato que eu mesmo, pessoalmente, presenciei, para vocês compreenderem o quanto há fenômenos estranhos em certas pessoas. E eu também sou uma delas, como provarei a seguir. Trata-se de uma mulher que tinha a capacidade de hipnotizar as pessoas e torná-las imunes à dor e a queimaduras. Eu a levei a meu laboratório para testar o fenômeno e pedi que ela hipnotizasse um assistente meu para que ele pudesse, com a mão, pegar uma moeda colocada dentro de uma panela de água fervendo a 300 graus centígrados. E ele conseguiu, como o provam essas fotos.

Daí ele mostrou duas fotos da mão do assistente, uma antes de ser colocada na água e outra depois, um pouco molhada, segurando uma moeda.

— Viram? A mão dele ficou intacta.

— Eu também sou capaz de fazer isso — falou um aluno do ensino médio lá de trás da plateia.

O Doutor Devanildo parece que não gostou nada da intervenção e olhou o aluno com aquele olhar pequeno e fixo. Mas o aluno nem ligou e continuou a falar.

— Como a água ferve a 100 graus, aos tais 300 graus, digamos que já faz tempo que não tem mais água na panela e qualquer um pode pegar a moeda.

Então a plateia riu de novo, mas logo parou por causa do olhar do palestrante.

— Eu talvez tenha errado a temperatura da água, mas é detalhe quando se trata de experimento científico. Acreditem em mim, meu assistente pegou a moeda e saiu ileso, como vocês podem ver na foto.

Ele se virou para a tela de projeção, mas não tinha mais foto nenhuma, porque parece que o computador tinha desligado sozinho.

— Desculpem, aconteceu um problema imprevisível. É estranho, porque esse tipo de coisa nunca acontece comigo. Vou reiniciar o computador.

Demorou mais um pouco, e daí apareceu de novo a foto dele e da família tomando café da manhã e em seguida as mãos do assistente dele com a moeda e daí a foto de um senhor muito magro deitado sobre uma cama de pregos. O Doutor Devanildo certamente ia explicar quem era essa pessoa tão magra que nem prego entra nela, mas deu problema no microfone e ninguém ouviu nada. Ele ficou sacudindo o microfone, até que o aparelho caiu no chão e a Ruth subiu correndo no palco para dar outro microfone para ele, mas também não funcionava.

— Precisa ligar — gritou um aluno lá do fundo da plateia.

Daí o Doutor Devanildo ligou o microfone e a gente ouviu um som muito alto e agudo.

— Deu microfonia — falou Vô Chico.

Mas o palestrante não conhecia a microfonia direito, porque ficou de novo sacudindo o microfone, que não parava de fazer muito barulho. Finalmente, tudo voltou a funcionar, menos o computador que desligou novamente e demorou um tempinho para reiniciar, e reiniciou.

O Doutor Devanildo ia explicar quem era o homem magro quando algumas pessoas da plateia levantaram rapidamente e correram até o corredor.

— Tem goteira em cima da gente — explicou uma pessoa.

— O paciente da Lua deve estar entre nós — disse a Júlia baixinho.

Daí a Ruth pediu para que as luzes do teatro fossem acesas, subiu no palco, tomou o microfone do Doutor Devanildo e falou:

— Peço desculpas por esse contratempo. Também, com essa chuva que não para desde de manhã... Por favor, ajeitem-se no corredor mesmo para que possamos prosseguir com a instigante fala de nosso convidado. Doutor Devanildo, por favor, prossiga.

Mas não deu para prosseguir porque entrou um pássaro preto no teatro que começou a voar de um lado para o outro, assustando todo mundo e assustando também o Doutor, que deu uns pulos e fez voltar a microfonia. Essa parte foi bem legal. Bem estranho mesmo.

— Apaguem todas as luzes que o pássaro vai sair — gritou a Ruth.

E ficamos no escuro.

— O Doutor Devanildo ficou oculto — disse a Júlia.

Um aluno do ensino médio até falou:

— Doutor, devolva-me a visão.

E todo mundo riu.

E quando a luz voltou, o pássaro preto tinha ido embora. E o Doutor Devanildo também. Ele tinha desaparecido, como o pássaro. Chamaram o Doutor várias vezes, mas ele não reapareceu. E na tela só se via a cama de pregos: o homem magro tinha ido embora também.

Então a Ruth subiu mais uma vez no palco e pediu mais uma vez desculpas e disse que a direção da escola ia preparar outra inauguração do teatro para outro dia, mas com outro tema de palestra porque o da parapsicologia parece que dá azar.

***

No carro de volta para a casa, a mamãe comentou:

– Quanta coisa estranha aconteceu esta noite. Não foi normal.

– Então a palestra de parapsicologia foi um sucesso! – disse a Júlia.

E chegando em casa, lá no Colibri's Park, a gente viu na frente do portão um gatinho preto sentado e olhando para a gente.

– Deve ser o Doutor Devanildo Ovinis Mirajos Primo – falou a Júlia.

Não dava para saber se era mesmo o Doutor, mas adotamos o gatinho e chamamos ele de Óvni. Vai saber.

As virtudes

Tudo começou com um novo projeto inventado pela Andreiazinha, a professora substituta da Aninha, que teve neném e também é obrigada a cuidar dele na casa dela. Ela disse:

— Gente, nós vamos começar uma nova atividade que, já tenho certeza, vocês vão adorar.

— Lá vem pesquisa de novo — falou o Felipe bem baixinho, mas a Andreiazinha ouviu.

— Felipe, eu ouvi o que você disse e você tem razão, vocês vão fazer uma nova pesquisa porque assim vocês já vão aprendendo a aprender.

— Aprendendo o quê? — eu perguntei.

— Aprendendo a aprender.

— ...

— É um processo.

— Legal, que nem a minha mãe, que é advogada e só fala em processo — falou o Renato.

— Você já fez confusão, Renato. Processo que eu falo é o caminho que é percorrido.

— Como da área até o gol do adversário? — perguntou o Allan.

— É, mais ou menos. Mas vamos deixar pra lá. Gente, o novo projeto que já vamos começar é o estudo das virtudes.

— Gertrudes? — perguntou o Leonardo. — Eu tenho uma tia-avó chamada assim.

Daí todo mundo riu, menos a Andreiazinha que falou que a gente precisava conversar, mas só ela falou. Depois ela explicou que não ia explicar o que era virtude e que era para a gente pesquisar, justamente.

— Mas, para preparar a pesquisa, já vamos fazer uma atividade aqui na sala de aula. Vocês vão pegar uma folha de papel e escrever o que vocês mais admiram nas outras pessoas.

— Como assim, admirar? — perguntou o Marcos.

O Felipe ia responder, mas a Andreiazinha falou primeiro:

— Admirar é tipo gostar muito de uma coisa numa pessoa. Por exemplo, você pode admirar um jogador de futebol porque ele joga muito bem.

— É isso aí — falou o Allan. — Entendi.

— Mas dá para admirar muitas coisas nas pessoas. E é isso que eu quero saber de vocês: o que vocês mais admiram nelas. Então, já podem começar a escrever. Mas pensem bem, não escrevam a primeira coisa que passar na cabeça de vocês. Eu espero.

＊＊＊

Ela esperou um tempão porque e gente pensou bem demorado e escreveu um monte de coisa que a gente gosta nos outros e também na gente mesmo.

— A gente pode conversar? — perguntou a Fátima.

— Podem, é claro. Trocar ideias é importante para aprender.

— A aprender — completou o Felipe, mas a Andreiazinha olhou feio para ele não sei por que: a ideia era dela.

Finalmente acabamos a tarefa e a Andreiazinha pediu para cada um entregar a sua lista de admirações que ela já ia escrever na lousa. Ficou uma lista bem comprida com coisas do tipo ter piscina na casa, ajudar os outros, ser bem-humorado, ter cabelo verde, ser legal, ter pai e mãe que vivem juntos, não brigar, tirar boas notas, dar medo nos outros, ter celular, ser bonito, correr bem rápido, conhecer os Estados Unidos, conhecer alguém famoso, saber desenhar mangá, ser amigo de todos, saber falar inglês, não ter medo, ser rico, dividir as coisas, ter duas limusines, ter muitos livros, comer sem engordar, dar presentes do *shopping*, ter aparecido na televisão, estar estressado, morar em condomínio, ser inteligente, emprestar os brinquedos, mandar em todo mundo, fazer lição de casa, ser engraçado, inventar coisas, ter roupa da moda, ter namorado, ser admirável, e mais coisas ainda que quase que não cabia na lousa. A Andreiazinha comentou:

— Gozado, ninguém falou em ser bombeiro ou piloto de avião. Antigamente...

— O legal é tocar fogo nas coisas — falou o chato do Lucas.

— O admirável é comprar o avião com o piloto — disse o Marcelo.

— Agora — falou a Andreiazinha — vamos...

— Discutir — falou o Felipe.

— Felipe, como é que você já sabia o que eu ia propor?

— Intuição — respondeu o Felipe, que usa palavras complicadas.

— Que admirável! — disse o Allan, que tinha gostado dessa palavra.

Daí a professora pediu para a gente explicar por que tinha escolhido essas qualidades e não outras, e qual a gente admirava mais. Todo mundo começou a falar ao mesmo tempo, mas ela disse que era a vez das meninas de falar primeiro, porque a gente sempre deve deixar as meninas fazerem as coisas primeiro — que tosco!

— Eu escolhi "ajudar as pessoas" — falou a Fátima.

— Mas você nunca ajuda ninguém — disse a Marta. — Essa é boa!

— É verdade — acrescentou a Sofia. — E você fala mal dos outros.

— Mentira — rebateu a Fátima. — Eu sempre ajudo as pessoas, mas vocês duas não, porque são chatas.

— É — falou a Fernanda, que entrou na conversa —, a Marta é muito chata e sabe o que ela escolheu na lista dela? Ter cabelo verde. Eu vi na lista dela.

Então todo mundo riu e a Marta ficou vermelha e ela disse que era melhor escolher ter cabelo verde, que é *mó* legal, do que escolher comer e não engordar porque, no caso da Fernanda, não daria certo nunca, "sua gorda".

— Gorda é você — falou a Fernanda. — Sua baleia verde.

A discussão das meninas estava bem interessante e animada, mas a Andreiazinha falou bem alto que era para elas pararem e que a gente precisava conversar.

— Gente, não é para vocês falarem de vocês e brigarem. É para, civilizadamente, cada um explicar suas escolhas.

E como agora era a vez dos meninos, ela pediu para o Felipe falar.

— Eu escolhi "ter muitos livros" — disse ele.

— É só para se mostrar — falou o Téo, que é grandão, fortão, mas meio gordo, eu acho. — O legal é ser o mais forte, todo mundo respeita.

— É isso aí — falou o Lucas, que é baixinho, magro e malvado. — Eu admiro quem manda em todo mundo como faz meu pai.

— Não acho — disse o Renato. — O legal é ser amigo de todos, como eu. Quando eu dou festa de aniversário, convido todo mundo.

— Então também sou amigo de todos — falou o Samuel —, porque também convido todo mundo nas minhas festas.

— Eu também — disse a Sofia.

— Não vale — disse a Fátima —, porque todo mundo sempre convida todo mundo nas festas. A gente convida porque é bem-educado, como disse a mamãe.

— Por que ninguém escolheu ser bem-educado como qualidade admirável? — perguntou a Andreiazinha.

Ninguém soube responder direito. Acho que a gente tinha esquecido. Daí o Samuel falou que ela podia acrescentar o bem-educado na lousa, se quisesse.

— Pode acrescentar "não mentir" também — disse o Felipe.

— E "ser boazinha" — falou a Marta. — Os pais gostam.

— E "não falar palavrão", que eles também gostam — falou o Bruno.

— É para falar do que a gente gosta ou do que os adultos gostam? — perguntou o Fred. — Porque daí tem que acrescentar "ser o primeiro em tudo", como diz meu pai.

— E "ser um vencedor" — eu falei, porque o papai fala muito nisso.

— "Nunca levar desaforo para casa" — disse o Lucas.

— "Sempre revidar quando a gente é atacado" — acrescentou o Téo.

— Revidar quer dizer contra-atacar? — perguntou o Allan. — Aí eu concordo.

Com as coisas dos pais a lista ficou mais comprida ainda e a gente percebeu que dá para admirar muitas coisas nas pessoas. Daí, para acabar a aula, a professora resolveu fazer uma eleição.

— Gente, vamos votar democraticamente. E já vamos ver qual a qualidade admirável que vai ganhar.

Para cada admiração da lousa a professora pedia que quem achasse a melhor levantasse a mão. Aquela que mais mão levantada teve foi "ajudar os outros" e a Andreiazinha parecia que ficou toda feliz.

Então ela perguntou se alguém podia apagar a lousa e guardar as listas de admirações, mas não deu porque daí bateu o sinal do recreio e todo mundo teve que sair correndo para o pátio.

***

No domingo, quando o Vô Chico e sua companheira Lua estavam lá em casa para fumar e almoçar, eu perguntei o que era virtude, como a Andreiazinha tinha mandado.

— É mais uma pesquisa da escola? — perguntou o papai.

— É — eu falei.

— Essa escola é *pra frentex* — falou Vô Chico.

— É, a gente tenta fazer o melhor para nossos alunos — a mamãe disse. — Fazer pesquisa é importante para aprender...

— A aprender — eu falei.

— Viu, até isso eles sabem — falou mamãe, toda contente.

— Não seria mais simples os professores ensinarem logo o que sabem em vez de fazer os alunos questionarem os pais sobre a matéria? — perguntou o papai. — Afinal, os pais pagam a escola.

— E a autonomia intelectual? — perguntou Vô Chico. — Isso não se ensina falando.

Eles continuaram discutindo um tempão. Mamãe falou que a educação tinha evoluído e Vô Chico falou que era graças à geração dele, mas a Lua falou que era por causa dos achados de Freud, bem antes do Vô Chico ter nascido, e então Vô Chico respondeu que, se não fosse a geração dele, Freud já teria sido esquecido faz tempo. Daí a Lua disse que ele confundia desejo com realidade, o que era muito frequente nas pessoas, então mamãe falou que, com ou sem Freud, a vocação era garantia de um bom ensino, e a Lua levantou os olhos para o teto da sala, daí o papai falou que boa educação era aquela que formava pessoas competitivas como ele, e eles continuaram a falar e falar. Eu não sabia que todos eles, além da mamãe, sabiam tanto sobre educação. Legal. E daí Vô Chico finalmente voltou ao meu assunto.

— Mandar as crianças fazer pesquisa tem lá as suas virtudes. Qual o tema da pesquisa mesmo?

— Virtude — eu falei. — O que é virtude?

Então Vô Chico fez que nem na escola: em vez de responder, mandou eu pegar o dicionário que era para eu aprender a aprender a consultar. Mas o problema é que ninguém lembrava onde estava o dicionário de casa.

— A Júlia deve ter um no quarto dela — lembrou mamãe.

E tinha mesmo, um bem pesado, então eu procurei a palavra *virtude*, encontrei e li em voz alta: *qualidade do que se conforma com o considerado correto e desejável.*

— Não entendi — eu falei.

— Leia mais, então — falou a mamãe.

Mas daí eu levei um susto, porque tinha uma página inteira que falava de virtude com letra bem pequena.

— Não vale — eu disse. — A professora falou que era para a família falar de virtude, não o dicionário.

— Viu como esse negócio de pesquisa não funciona? — disse o papai. — Vamos explicar logo para ele o que é virtude, como deveriam ter feito na escola.

Fiquei animado com o que o papai ia explicar, mas ele não falou mais nada, e daí comecei a pensar que virtude devia ser coisa de adulto que criança não pode ouvir. Foi a Júlia, minha irmã, que me salvou.

Quando ela entrou na sala com seu namorado, o Uivando, como ela chama ele, papai logo perguntou:

— Júlia, o que é virtude para você?

— Para mim e para o resto da humanidade virtude é uma qualidade que a gente admira nas pessoas. Por quê?

— Tomás está fazendo uma pesquisa sobre virtude — explicou a mamãe. — Entendeu agora, Tomás?

— Entendi. Então ter cabelo verde é ter uma virtude, como falaram lá na classe. Uma virtude é uma admiração.

— Cabelo verde? Que ideia de jerico — falou Vô Chico. — Para mim, virtude sempre é moral. A igualdade entre os homens é uma virtude, por exemplo.

— A generosidade é mais importante que a justiça, pai — falou a mamãe. — A generosidade é uma virtude, Tomás.

— E ter duas limusines? — eu perguntei.

— Até que é, Tomás — respondeu o papai. — Uma só já seria. Virtude não é só moral. Por exemplo, guiar bem um carro é uma virtude.

— Ausente em certas pessoas que eu conheço — disse Vô Chico.

— Inveja é vício, não virtude — respondeu o papai.

— Uma grande virtude eu acho que é estar em contato consigo mesmo — falou a Lua.

— Dependendo desse "consigo", às vezes é melhor ficar bem longe dele — disse a Júlia. — Para mim, a melhor virtude de todas é a franqueza. Falar o que se pensa para os outros, não é, Uivando?

— Claro, claro — respondeu o Ivan.

— Depende — falou papai. — No mundo empresarial onde convivo, esse negócio de franqueza não funciona. Tem tantos desonestos por aí...

— Não diga isso, Giovane — falou a mamãe. — As crianças podem perder a confiança no mundo.

— *Too late* — respondeu a Júlia em estrangeiro —, não é, Uivando?

— Claro, claro.

— Que tristeza! É por isso que a igualdade é a maior de todas as virtudes — falou Vô Chico. — É porque ela não existe que as pessoas mentem. Com a igualdade, a sinceridade seria possível, é tiro e queda.

— Mas as pessoas que não estão em contato com elas mesmas mentem a si próprias. É por isso que a maior virtude de todas é o autoconhecimento.

— Ainda acho que o que falta no mundo é generosidade — disse a mamãe. — O individualismo das pessoas não é normal. As pessoas não dividem mais nada. Só pensam em dinheiro. Mas, vamos almoçar? A Mariflores está fazendo sinal de que a comida já está na mesa. Hoje é um almoço especial porque vai ter caviar e salmão.

— Caviar e salmão! Uau! Que rango, bicho! — falou Vô Chico.

— Vamos, Uivando — mandou a Júlia. — Vamos dividir a comida.

— Claro, claro.

Quando sentamos *na* mesa, o Vô Chico perguntou para a Mariflores, a nossa empregada:

— Mariflores, qual a maior virtude de uma pessoa, para você?

— É ser pessoa trabalhadora, seu Chico. A preguiça é a pior das coisas, eu acho.

— E é preciso trabalhar os próprios sentimentos — disse a Lua.

— Isso eu nunca fiz, que acho que precisa ter estudo — respondeu a Mariflores. — Mas pegar no batente, eu pego. Pode perguntar por aí. Não é, Dona Norma?

— Se pega! — respondeu a mamãe.

— Esses ovinhos escuros é para comer assim mesmo? — perguntou a Mariflores.

***

Durante o almoço, minha família continuou a falar de admirações que são virtudes. Foi que nem antes para falar de educação: todos sabiam um monte de coisas sobre virtudes. Só eu que não sabia, porque ainda sou pequeno. Mas, quando crescer, vou saber mais coisas ainda que eles. Eles conversaram bastante, cada um falando que sabia muito bem qual era a maior das admirações. Mas, na hora do café, parece que o papai, a mamãe, o Vô Chico e a Lua — a Júlia e o Ivan já tinham ido embora para ir ao cinema — chegaram a uma conclusão, porque falaram que a maior virtude de todas era a humildade.

— No mundo empresarial, se todos fossem humildes como eu, eles teriam o sucesso que eu tive — disse o papai.

— Se você não tiver humildade, não dá para ser psicanalista — disse a Lua. — Eu sei.

— Essa gente humilde é o futuro do Brasil — falou Vô Chico. — Eu sempre disse.

– É. Sem humildade não se é nada – falou a mamãe.

Legal. Quando eu crescer, vou ser o mais humilde de todos, como o pessoal da minha família.

A piscina

Hoje foi um dia de muita festa lá em casa. Como sempre, vieram o Vô Chico e a nova companheira dele, a Lua. Mas também veio a Vó Mercedes, a mais antiga esposa do Vô Chico e também mãe da mamãe. Ela veio sozinha. Veio a Dora, minha tia, irmã da mamãe e filha do Vô Chico com a Vó Mercedes – ela veio com o amigo dela, que se chama Sócrates. A Júlia convidou o Ivan, namorado dela já faz um tempão (alguns meses, eu acho), e dá para perceber que ele gosta muito de minha irmã. O papai não convidou meus outros avós, porque eles moram longe e não daria tempo de que viessem e voltassem para a casa deles, mas ele convidou o Marquinhos, o sócio dele na empresa, que veio com a Rosa, a segunda ou terceira esposa dele, não sei direito. Eu convidei os meus melhores amigos, o Felipe, o Marcos e o Renato, e também o Allan, porque ele dormiu em casa, que os pais dele foram viajar. A convidada mais especial foi a Ruth, a diretora da escola em que eu estudo, e ela veio com o marido dela, o Asdrúbal, que é careca, mas tem barriga e bigode. Tinha também o Óvni, o gatinho preto que chegou em casa uma noite e a gente adotou.

O papai e a mamãe convidaram toda essa galera porque hoje aconteceu algo muito especial: foi a inauguração da piscina que papai mandou fazer no jardim de casa. E agora não tem mais jardim, mas tem a piscina. Demorou um tempão para que ela ficasse pronta para a gente pular nela. Vou contar como foi.

***

Foi o nosso vizinho, o da esquerda, que deu a ideia, mas sem falar nada. Ele mandou construir uma piscina na casa dele e convidou muita gente para a inauguração, mas não convidou a gente, porque a gente nem conhece ele direito. É só um vizinho. Mas daí o papai ficava olhando várias vezes para a piscina do vizinho, por cima do muro, e voltava pensando em alguma coisa, até que a gente descobriu no que ele estava pensando: em também fazer uma piscina, só que melhor.

— Essas piscinas pré-fabricadas são tão feias! — falou o papai. — Parece tanque para peixe e nem dá vontade de nadar.

— Com o tamanhinho delas, nem uma sardinha conseguiria nadar — falou a Júlia. — Não acha, Uivando?

— Claro, claro.

— E se colocar um trampolim, corre o risco de cair no jardim do vizinho — falou o Vô Chico, que estava em casa naquele dia. — Não é, Ivan?

O Ivan olhou para a Júlia e falou:

— Claro, claro.

Então papai anunciou:

— Vamos mostrar a esse vizinho barulhento como se faz uma piscina de verdade, daquelas com azulejo.

O papai falou do vizinho barulhento porque ele dá muitas festas na casa dele, e eles tocam música e falam alto e dá para dançar e ouvir as conversas lá de casa. Mas parece que é normal, porque todo vizinho é assim, falou o papai.

— Será que não vai sair caro demais? — perguntou a mamãe.

— A minha empresa está indo muito bem e chegou a hora de termos a nossa piscina, como todo empresário.

O Vô Chico comentou que os negócios do comércio estavam mesmo indo de vento em popa, mas o papai falou que ele não era comerciante e que comerciante gostava de churrasqueira, não de piscina.

— Legal — eu falei. — A gente vai comprar ela hoje mesmo?

— Não vamos comprar, nós vamos mandar fazer, com engenheiro, empreiteiro, operário, bomba, cloro e tudo mais. Só precisamos encontrar uma empresa especializada em piscinas, mas pela internet é fácil.

O negócio de contratar uma empresa especializada em piscinas não deu certo porque o papai achou que cobravam *muito caro demais*.

— Que falta de ética! — reclamou o papai. — Essa gente pensa que está lidando com novo rico ignorante. Vou achar outro jeito.

O jeito que ele encontrou foi contratar diretamente um empreiteiro que o Marquinhos conhecia e que veio em casa um dia de Chevette. Ele se chamava Joacir Cavacão.

— Você já fez piscina algum dia, Joacir... Joacir o quê? — perguntou o papai.

— Cavacão. Joacir Cavacão. Mas todos me chamam só de Cavacão.

— Então, Cavacão, já fez alguma piscina na vida?

— Não, Doutor, mas serviço a gente faz qualquer um. E fazer piscina é mais fácil que fazer casa, porque não tem perigo de que ela caia.

— Mas tem o perigo de que ela vaze.

— Não tem problema, Doutor Giovane. Azulejo a gente sabe colocar. Pode ficar tranquilo que a água vai ficar todinha na piscina junto com a sua família. Tenho dois pedreiros que trabalham para mim, gente muito boa, o Doutor vai ver, e a sua piscina logo ficará pronta.

O papai e o Cavacão combinaram o preço do serviço e o papai falou depois para a gente que ele tinha feito um excelente negócio, como sempre.

— O Doutor não vai ter dor de cabeça, pode confiar na gente. O senhor só vai ter de comprar o material, cimento, areia, pedra, essas coisas. O caminhão traz. E os azulejos e a bomba da piscina, é só ir *na* loja comprar e *ponhar* no carro do senhor, que é bem grande. O senhor deve ter comprado ele para esse tipo de serviço, não é?

O papai não respondeu.

O Cavacão combinou de vir na segunda logo cedo, mas em vez de chegar, ele telefonou para avisar que só poderia vir na outra semana por causa de um probleminha numa outra obra. Então, na outra segunda bem cedo, telefonaram da portaria dizendo que um pedreiro chamado Diapasão estava vindo trabalhar em casa. Papai o recebeu perguntando:

— Você veio sozinho? Cadê o Cavacão?

— O Cavacão não pode vir de manhã por causa de um probleminha na obra, mas ele vai vir à tarde, o senhor pode ficar tranquilo.

— Mas ele também falou em dois pedreiros. Cadê o outro?

— Por causa do probleminha na obra, o Dórremi também teve que ficar por lá. Mas ele vai vir amanhã. Mas não se preocupe, Doutor, eu já vou adiantando o serviço para o senhor. Onde é que *nós vai cavar* a piscina?

— Por favor, me siga que eu vou mostrar.

— Com licença.

O papai e o Diapasão foram até o quintal que fica atrás da casa e papai mostrou o lugar.

— Você trouxe a planta da piscina? – perguntou o papai.

— Ela ficou com o Cavacão, mas não tem problema, eu começo a cavar por aí que sempre vai dar certo.

— ...

— Vamos começar o serviço. Cadê a pá e o carrinho de mão?

— Você não trouxe?

— Não, Doutor, *os instrumento fica* por conta do patrão. Se o senhor não tem, a gente vai ter de comprar. Eu vi que tem um depósito perto do condomínio e lá a gente acha.

Então o papai e o Diapasão foram até o depósito, compraram três pás e um carrinho, e voltaram para a casa.

— Onde é que *nós vai ponhar* a terra? — perguntou o Diapasão.

— Eu não tinha pensado nisso — respondeu o papai.

— Só tem um jeito, tem que ser na frente da casa. Daí o senhor vende a terra e o caminhão leva.

— Mas vai sujar toda a garagem e a frente da casa — falou o papai.

— Depois *nóis limpa*, com a ajuda da moça, aí.

A moça aí era a Mariflores que parece que não gostou da proposta.

— Eu hein! — ela disse.

E assim começou a construção da nossa piscina.

Nas duas primeiras semanas, veio somente o Diapasão por causa de um probleminha na outra obra. Ele foi cavando, cavando e levando a terra para a frente de casa, sujando toda a garagem. O Paris-Dakar do papai e o Campinas-Jundiaí da mamãe tiveram que dormir na rua esse tempo todo, e a primeira coisa que o papai fazia ao levantar de manhã era ver se o seu 4.4 turbo alto e preto ainda estava lá. A Mariflores, que fica em casa o dia inteiro, reclamou que o Diapasão ficava cantando o tempo todo bem alto, que ele cantava muito desafinado e que até o Óvni ficava longe dele para não escutar.

Daí, num sábado, chegaram o Diapasão, o Cavacão e o Dórremi para ver o buraco. O Cavacão falou:

— O Diapasão fez um belo serviço, Seu Giovane. Isto é que é cavar. Mas estou vendo aqui na planta que ele cavou um pouco demais à esquerda.

— Que coisa! — falou o papai. — E agora?

— Tem problema não, nós *ponhamos* a terra de volta rapidinho. Agora o senhor precisa comprar o cimento, a areia e as pedras *pra mó de nós continuar* o serviço. Vai ser rapidinho, o senhor vai ver.

Então os pedreiros foram embora para resolver um probleminha na outra obra e eu fui com o papai comprar o cimento, a areia e as pedras. O Diapasão tinha dado para a gente uma lista com as quantidades.

Daí, na segunda bem cedo veio um caminhão com um montão de cimento, de areia e de pedras, e também com uns ferros bem compridos. A gente não entendeu por que os entregadores ficavam rindo baixinho enquanto descarregavam o caminhão. Um deles perguntou ao papai:

— O senhor está construindo uma piscina olímpica?

— Não. Por quê? — perguntou o papai.

— Por nada, não.

E ele continuou rindo baixinho com os demais, e eles foram embora. Quem chegou logo em seguida foi o nosso vizinho. O da esquerda e da piscina.

— Olá, vizinho, fazendo uma piscina?

— Sim — respondeu papai. — Uma de azulejo.

— Mas por que tanto cimento, tanta pedra e tanta areia? Vai ser uma piscina olímpica?

— Não, mas vai ser piscina com azulejo, então é preciso muito material. O senhor não teve a experiência.

— É verdade, não tive. Afinal, sou apenas um engenheiro civil. Enfim, boa sorte, vizinho.

E ele entrou na casa dele meio que rindo também.

— Papai, o que é uma piscina olímpica? — perguntei.

— É uma piscina de 50 metros de comprimento, que é usada para campeonatos.

— Legal, vamos ter uma assim então?

— Claro que não. Não cabe. Agora pare de fazer perguntas e vá para a escola que eu preciso falar com o Cavacão por causa do cimento.

Mas ele não conseguiu falar com o Cavacão durante uma semana porque ele e seus pedreiros não apareceram em casa e também porque deu um probleminha no celular dele. Quando finalmente falou com ele, o papai ficou furioso.

— Que falta de ética! O Cavacão disse que não poderia continuar a fazer a piscina por causa de um problemão numa outra obra e me passou o telefone do seu cunhado, um tal de Cuíca. Mas não vou ligar porque esse pessoal não afina com a gente e não dá para confiar.

— E o que vamos fazer agora? — perguntou a mamãe.

— Eu dou um jeito. Ah, se dou!

O jeito dele foi resolver contratar uma empresa especializada em piscina. Quando o engenheiro da empresa veio em casa e viu o cimento, as pedras e a areia, ele perguntou:

— O senhor pretende fazer uma piscina olímpica?

O papai nem respondeu.

***

Finalmente a piscina ficou pronta! Os caminhões levaram a terra que estava na frente de casa para não sei onde, e outros pedreiros levaram o resto do cimento, das pedras e da areia para a casa de outro vizinho nosso, o da direita, que também resolveu fazer uma piscina de azulejo, só que aquecida.

— Piscina aquecida! No Brasil! É só para se mostrar — comentou o papai. — Pelo menos ele comprou o meu cimento, a minha areia e as minhas pedras, e fiz um excelente negócio.

A Mariflores teve de limpar a garagem com muita água e o papai estacionou de novo o 4.4 turbo alto e preto no lugar dele, mas com muito cuidado, porque o lugar é meio apertado.

Então chegou o dia da inauguração, com toda a galera que já contei para vocês. Quando todo mundo já estava em casa, a gente colocou maiô, foi até a piscina e ficou em volta dela admirando como se fosse em volta de um bolo de aniversário.

— É de azulejo — falou o papai.

— *Putzgrila*, que bacaninha — falou o Vô Chico.

— Parabéns, Senhor Giovane — disse o Asdrúbal, marido da Ruth, a diretora da escola. — Sinais materiais de riqueza são a prova concreta do sucesso.

— Faço minhas as palavras de meu esposo — falou a Ruth. — E que sirva de exemplo para nossos jovens alunos que estão aqui. Estudem direito, e também terão a sua piscina.

— Só que a minha vai ser maior, para nadar de verdade — disse o Felipe.

— Você acha pequena porque não viu a do vizinho — respondeu o papai. — A Júlia até disse que lá nem sardinha poderia nadar! Na nossa ela pode, não é, Júlia?

— É, pode. Mas carpa, já não sei, não é, Uivando?

— Claro, claro.

— Não dá nem para afogar um ganso — disse o Vô Chico.

— Chico! — disse a Lua.

— Por que ela é tão rasinha? — perguntou o Allan.

— Por segurança — explicou a mamãe. — Acidentes acontecem com frequência, é normal.

— O tamanho de uma piscina não tem grande importância — falou o Sócrates, amigo da tia Dora. — O importante é estar dentro da água, porque isso nos ajuda a nos conhecer a nós mesmos.

— Bem lembrado, disse a Lua.

— Falou e disse! — disse o Vô Chico. — Quanto saiu a piscina?

— Ainda não fiz as contas — respondeu o papai. — Mas o importante é dar esse presente para a minha família. E para os amigos também, é claro. Então, vamos mergulhar? Norminha, mergulhe você primeiro. A honra é toda sua de estrear a nossa piscina.

— Obrigada, Giovane, mas eu não tenho muita vocação para nadar. Acho melhor dar essa honra a Ruth, por tudo que ela faz por nós na escola. Ruth, por favor.

— Seu convite muito me emociona, Norminha, mas não posso aceitar. Penso que tem que ser uma pessoa da família de vocês. Por que não o próprio Giovane, que nos presenteia tão amavelmente com esta linda piscina?

— Que tal todo mundo pular ao mesmo tempo? — falou a Júlia. — Olha a chuvona chegando, não é, Uivando?

— Claro, claro.

— Todo mundo junto é muito perigoso — respondeu a mamãe. — Acho então que devemos dar a prioridade aos mais velhos.

Eles ficaram mais um tempão discutindo quem deveria pular primeiro e a gente estava ficando com frio, porque o vento estava cada vez mais forte e não tinha mais sol por causa das nuvens pretas. Daí chegaram finalmente à conclusão que quem deveria estrear a piscina era eu. Legal! Mas na hora de eu pular, um raio bem forte estourou, começou a chover e a mamãe falou que não era para eu pular porque a piscina poderia atrair os raios. Então ninguém mais quis estrear a piscina, menos a Vó Mercedes que disse que ia pular mesmo assim.

— A probabilidade de cair um raio nesta piscina é tão pequena quanto a de que o Chico fosse preso na época da ditadura.

E ela pulou.

— Raios! — disse o Vô Chico.

Mas não caiu nenhum.

O celular (1)
O DEBATE

— Júlia, você não vai atender o celular? — perguntou a mamãe à minha irmã.

— Não. *Deixa* tocar.

— Mas e se for urgente? — falou a Lua, que estava em casa com o Vô Chico.

— Nunca é urgente, eu reparei — respondeu a Júlia.

— Mas não será falta de ética não responder quando se pode fazê-lo? — perguntou o papai.

— Falta de ética é ligar para todo mundo a toda hora — respondeu a Júlia.

— Então você também tem falta de ética — disse o papai. — Vive ligando para as amigas e para o Ivan. Não é, Ivan?

— Claro, claro.

— Mas agora isso vai mudar. Não vou mais usar o celular.

— O quê? — perguntou o papai. — Ficou louca?

— A Júlia está em crise — falou Vô Chico. — Está encafifada.

— Não é normal, Júlia — disse a mamãe. — Você não pode estar falando sério. Você adora celular e já teve um monte deles, sempre mais aperfeiçoados.

— É, o último modelo só falta servir de churrasqueira também — falou o Vô Chico.

— É que estive pensando e mudei de ideia. O celular é uma escravidão. As pessoas acham você em qualquer lugar, chamam você o tempo todo para falar de qualquer coisa, e esperam que você também chame o tempo todo. Você recebe um monte de mensagem sem graça. Não é, Uivando?

— ...

— Ivan! Oi! Você está vivo?

— Ah sim, claro, claro.

— Parece um vício — continuou a Júlia. — Você fica o tempo todo olhando para ele, para ver se chegou alguma coisa, e, se não chegou nada, você fica aflita, então você mesma manda alguma mensagem para alguém ou liga para uma pessoa. Um inferno. Então, não quero mais usar e pronto.

— Mas as suas amigas vão achar que você não gosta mais delas — falou a mamãe. — Elas não vão entender.

— Ora, tem o telefone fixo, aquele lá no canto, todo empoeirado. Ele também serve.

— Sim, mas apenas quando você está em casa — disse o papai. — É pouca coisa. Acredite, sem celular, você vai se tornar um ET.

— Vai ficar solitária — disse a Lua.

— E como é que nós vamos achar você? — perguntou a mamãe. — Como vamos saber se está tudo bem?

— Se não estiver tudo bem, eu ligo — respondeu a Júlia. — É mais prático do que ficar toda hora ligando e perguntando "tudo bem?", e eu responder "sim, tudo bem". Um saco.

— Mas você vai ligar de onde? — perguntou a mamãe.

— Do celular de um colega.

— Minha neta, vejo certa contradição nisso — falou o Vô Chico. — Mas é uma decisão muito grave que você está tomando. Precisa pensar bem. Escute, o seu celular está tocando outra vez. Não vai mesmo atender?

— Atende para mim e diz que não estou em casa.

— Mas essa desculpa não funciona com celular — lembrou o papai. — Ele é pessoal. Se outra pessoa atender, vão pensar que roubaram, que é traficante, e vão ficar preocupados.

— Basta a pessoa que atender dizer quem é — respondeu a Júlia.

— Sim, mas como vão saber que é verdade? — perguntou a mamãe. — Não é normal outra pessoa atender.

— O Ivan atende. Conhecem a voz dele. Atende, Uivando.

— Claro, claro. Alô? Não, é o Ivan. (...) Não, a Júlia não está em casa. (...) Que casa? A casa dela, ora! (...) Como é que você pode saber em que casa eu estou? (...) Não sei ao certo. (...) O que eu estou fazendo na casa dela se ela não está? (...) Eu, eu... eu não sei ao certo. Estou esperando ela voltar, é isso. (...) Sim, ela saiu sem celular. (...) Ela esqueceu, vai ver. (...) Não, não aconteceu nada de grave com ela. (...) Como é que eu sei? (...) Não sei ao certo, mas (...). O quê? (...) Sim, é o Ivan falando, garanto.

Daí a Júlia não aguentou, pegou o celular das mãos do Ivan e falou.

— Sou eu, a Júlia. (...) Era mesmo o Ivan. (...) Sim, tudo bem comigo. É que eu resolvi não usar mais o celular. (...) Sim, tudo bem comigo. Depois a gente se fala, de viva voz. (...) Não, eu quis dizer que a gente se fala pessoalmente. (...) O quê? Uma reunião da gente para discutir o caso? Que caso? (...) Ok, se você quiser, a gente marca e eu explico. (...) É isso. Até. (...) Até quando? Não sei. Tchau.

Então a Júlia desligou o celular e explicou:

— Era a Bia Loira que quer fazer uma reunião com os amigos para discutir o meu caso. Que zoeira.

— Sem celular, vai ser difícil marcar a reunião — falou o Vô Chico.

— A gente dá um jeito — respondeu a Júlia. — A gente usa a cabeça.

***

Passou uma semana inteira e a Júlia foi firme: desligou o celular, deixou no quarto dela e não usou nenhuma vez. No final de semana, ela disse que haveria uma reunião em casa com as amigas dela para falarem do celular.

— Vou convencer todo mundo a não usar mais celular. Vocês vão ver.

Vieram três amigas da Júlia, a Bia Loira, a Bia Morena e outra menina que era para se chamar Júlia, como a minha irmã, mas como tinha muitas Júlias na maternidade, os pais optaram por Ailuj, e ela fala que detesta seu nome e tem vergonha. Tinha também o Ivan. A Júlia deixou eu assistir à reunião e vou contar como foi.

Foi assim.

— Uivando, pega uns doces e uns refrigerantes na cozinha — falou a Júlia.

— Claro, claro.

— O Ivan é sempre tão prestativo, não é, Júlia? — disse a Bia Loira. — Você tem sorte.

— Imagino que sim — respondeu a Júlia.

— Música fazendo ele continua? — perguntou a Ailuj que fala quase tudo de trás para diante. — Toca ele instrumento qual?

— Bateria — respondeu a Júlia.

— Bateria! Ah! A bateria — disse a Bia Morena. — Acho que me esqueci de recarregar a do meu celular. *Deixa* eu ver. Não, tudo bem. Ufa!

— Era justamente sobre isso que eu queria que a gente conversasse — começou a Júlia, mas ela não pôde continuar porque tocou o celular da Bia Morena, que atendeu e falou para o pai dela que ligaria depois, para ele vir buscar, e disse que ia aproveitar para ligar para a mãe, que estava no *shopping*, porque queria que ela comprasse uma blusa nova para ela.

— Ainda bem que tem o celular — disse ela. — Eu tinha me esquecido de avisar a mamãe sobre a blusa. Mas, de qualquer forma, ligaria mesmo que fosse só para lembrar ela do meu pedido.

— Então – disse a Júlia –, vamos conversar sobre celular. O que você está fazendo, Ailuj?

— Se chegou mensagem para mim estou vendo. Desligado o celular eu esqueci e se alguma coisa mandou alguém, dez minutos faz que não verifico. Saco, chegou nada não. Para o Henrique um torpedo vou mandar para porque ele ainda não enviou nenhum perguntar. Momentinho.

Daí tocou o celular da Bia Loira, que atendeu e falou:

— Bia Morena, por que você está ligando para mim? Estamos na mesma casa!?

— Desculpe, foi engano – respondeu a Bia Morena falando no celular. – Queria ligar para a Bia Ruiva. Depois a gente se fala. Vou desligar. Tchau.

E ela ligou para a Bia Ruiva, que tinha avisado pelo SMS que não viria à reunião da Júlia. Daí tocou o celular do Ivan, mas a Júlia mandou ele desligar.

— Claro, claro.

— Júlia, o seu celular não tocou ainda nenhuma vez. Está quebrado? – perguntou a Bia Morena.

— Esqueceram que eu resolvi não usar mais?

— Ah! É verdade. E estamos aqui para falar disso, lembrei.

— Então, peço que desliguem seus celulares, por favor.

— Como no avião? Ok. – disse a Ailuj. – A mamãe deixa só eu avisar que desligar vou senão preocupada vai ficar ela.

— Bom, vamos começar – continuou a Júlia. – Eu bolei alguns

argumentos contra o uso do celular. Primeiro argumento: o celular é uma boa invenção humana, porém...

— Gostei do primeiro argumento — falou a Bia Morena. — Concordo. Nem sei como as pessoas podiam viver sem celular antigamente. A comunicação entre as pessoas devia ser tão pobre!

— *Deixa* eu continuar o meu texto — interrompeu a Júlia meio brava. — Eu falei que era boa invenção, PORÉM...

— Acho que não tem *porém* — respondeu a Bia Morena.

— Tem sim — continuou a Júlia. — É o primeiro argumento: as pessoas usam mal o celular. Elas usam para qualquer coisa, por qualquer motivo, para qualquer banalidade. Um bom exemplo é meu pai. Como até agora ele não entendeu a diferença entre molho de tomate e purê de tomate, cada vez que vai ao supermercado ele liga para a minha mãe para saber qual dos dois tem de comprar e como deve fazer para reconhecer as latas. É apenas um exemplo, mas é bem representativo.

— Igual faz o pai meu — falou a Ailuj. — Na padaria, quando vai ele, para minha mãe liga ele sempre para quantos pãezinhos comprar saber.

— Então vou falar da minha mãe — disse a Bia Morena. — Quando ela vai ao cabeleireiro, ela leva o celular para falar com a minha tia e descrever o que estão fazendo com ela. É que minha tia é cabeleireira também e ela dá umas dicas.

Eu resolvi me intrometer e lembrei que o meu Vô Chico, quando vem para casa, sempre liga do celular dizendo que já está perto da portaria do Colibri's Park.

— Olha outro exemplo, ainda com meu pai — falou a Júlia. — Quando ele chega de viagem, ainda no avião ele liga para casa para dizer que acabou de pousar. Para que, se ninguém vai buscá-lo no aeroporto?

— O avião poderia ter caído — falou a Bia Morena.

— Nesse caso, a televisão já teria dado a notícia — respondeu a Júlia.

— Daí a pessoa teria que ligar tipo: "alô, meu bem, meu avião caiu, adeus" — falou a Bia Loira.

— Ver precisa se na queda não quebrou o celular — lembrou a Ailuj.

— Surreal nossa conversa! — comentou o Ivan. — Que batida! Dá vontade de ligar para a Bia Ruiva só para contar.

— Uivando, seu traidor — falou a Júlia.

— Claro, claro.

— Uivando acabou de dar outro bom exemplo de uso inútil do celular — continuou a Júlia. — Para que a Bia Ruiva precisaria saber já do que estamos falando? Não dá para esperar? Não são apenas os adultos que usam mal; a gente faz a mesma coisa. Por exemplo, frequentemente, na lanchonete da escola, a gente liga para uma amiga para saber onde ela está, e ela responde que também está na lanchonete. Bastava olhar.

— Ligar mais prático é — disse a Ailuj. — Mais rápido.

— Mais rápido que olhar? — perguntou a Júlia.

— Se para ligar dá, olhar para quê? Ficar um tempão procurando, para quê? E de não ver corre o risco.

— A Ailuj está exagerando, como sempre — falou a Bia Loira. — Concordo em parte com a Júlia. Mas só em parte, porque eu sei de um alpinista que foi salvo por causa do celular. Ele se perdeu e chamou o socorro. Sem celular poderia estar morto.

— Quantas vezes você precisou usar celular para se salvar? — perguntou a Júlia.

— Eu, nunca, mas sou muito nova ainda.

— E você conhece alguém, pessoalmente, que tenha usado para se salvar?

— Eu conheço — disse a Bia Morena. — Minha mãe. Um dia que furou o pneu do carro, ela chamou o socorro mecânico que foi lá e trocou para ela.

— Grande perigo! — disse a Júlia. — Ninguém por perto podia ajudá-la?

— Aceitar a ajuda de qualquer um na rua? — perguntou a Bia Loira. — Está louca. Que perigo! Sem celular, ela estaria perdida, ela mesma falou. E ela contou que, enquanto esperava pelo socorro, ela pôde ficar falando com as amigas para não morrer de tédio.

— Podia ficar lendo — disse a Júlia.

— E que adulto vai ter a ideia de levar um livro no carro? — perguntou a Bia Morena. — Eles não estudam mais. No celular, também dá para ler, ler as mensagens.

— Grande literatura! — falou a Júlia. — Mas *deixa* eu apresentar o segundo argumento.

— O primeiro era qual mesmo? — perguntou a Bia Morena.

— Que a gente usa o celular à toa, sem real necessidade. O segundo argumento é o do controle. Com celular, a gente pode ser achada em qualquer lugar e a qualquer hora. Não tem privacidade. É controle total.

Nessa hora do debate, tocou o telefone de casa e a Júlia mandou o Ivan atender.

— Sim. Claro, claro. (...) Bia Morena, é para você. É a sua mãe.

A Bia Morena atendeu e voltou dizendo que era a mãe dela que estava aflita porque o celular dela, o da Bia, dava na caixa de mensagens, então ela ligou para saber se estava tudo bem e disse que ia avisar as outras mães para não se preocuparem.

— Não falei? — disse a Júlia. — Que controle!

— Mas minha mãe ligou para o telefone fixo, não para o celular. Saia dessa agora.

— Se não existisse celular, ela nem pensava em te achar, esperava tranquilamente você voltar para casa e você podia também ficar tranquila sem dar satisfações.

E daí tocou um celular e a Júlia perguntou irritada quem tinha deixado ligado apesar do combinado.

— Um meu é — falou Ailuj. — Que eu tinha dois esqueci e um só desliguei. Alô? (...) Pai? (...) Na casa da Júlia estou. (...) Juro. (...) Porque a Júlia pediu o celular desliguei. (...) Dela nova ideia, celular não usar. (...) Sim, está bem ela. (...) Quando hora for de me buscarem, ligo. Beijo.

— Não falei? — disse a Júlia. — Em menos de cinco minutos vocês foram achadas e controladas.

— Mas dá para deixar o celular desligado, como durante a aula — lembrou a Bia Loira.

— Mas aí deixam mensagens e você precisa responder depois, senão as pessoas ligam de novo para perguntar por que a gente não respondeu às mensagens — respondeu a Júlia. — Dá na mesma. Agora *deixa* eu apresentar o terceiro argumento.

O debate continuou mais um tempão. Muito interessante. O terceiro argumento da Júlia era o do estresse porque atender a tanta gente tantas vezes cansa e não receber telefonemas ou torpedos também cansa porque a pessoa se pergunta se não a esqueceram para sempre. A Bia Loira concordou e lembrou que um dia ninguém ligou para ela e ela dormiu mal. O quarto argumento era que as pessoas falavam em público, e bem alto, da vida privada delas no celular e que isso era falta de bom-senso e de pudor além de atrapalhar o sossego dos outros. O quinto argumento é que ela tinha lido na internet que o celular causa doenças terríveis na cabeça de quem usa e que os médicos desaconselhavam ficar a toda hora com o aparelho no ouvido ou perto do corpo.

— Olha, eu imprimi o artigo e fiz uma cópia para vocês. Falei dele com meus pais. Meu pai disse que não acreditava em nada disso, que era invenção de perdedores que têm medo do progresso. Já minha mãe ficou preocupada, mas acabou achando que, se tanta gente usa celular, deve ser um aparelho normal. Mas podem ler o artigo.

As Bias, a Ailuj e o Ivan leram. Eles ficaram quietos e foram ficando um pouco pálidos. Daí, a Bia Morena falou que precisava avisar a mãe do perigo e ligou para ela, mas do telefone fixo.

O sexto argumento era parecido com o anterior: celular pode explodir posto de gasolina, por isso lá está escrito que não pode usar.

— Se explode posto de gasolina, imaginem o que pode fazer no nosso corpo — disse a Júlia.

Havia outros argumentos mais, tantos que até esqueci alguns, mas lembro que a Júlia também falou do preço das ligações, muito caras.

— A nossa estupidez faz a riqueza das operadoras — disse ela. — Logo, proponho que a gente faça uma greve de celulares. Mais ainda: podemos até fazer um movimento para convencer as pessoas a não usar mais o maldito, engrossando a greve. Podemos até criar um *site* para divulgar nossa mensagem. Que tal? Seria prova de civismo.

Demorou um pouco para as meninas se decidirem. Mas acabaram topando.

— Acho que vale a pena tentar — disse a Bia Loira. — Os argumentos da Júlia fazem sentido, sobretudo o da terrível doença.

— Eu também topo — falou a Bia Morena. — Mas somente se antes eu puder usar meu celular para avisar todas as pessoas. Vai levar um certo tempo.

— Dois celulares eu tenho — disse a Ailuj. — Com os dois fazer greve eu devo?

— Óbvio — respondeu a Júlia.

— *Tá* bom. *A tal da greve* vou fazer. Pelos argumentos da Júlia, não, que muito estranhos são.

— Por que então?

— Porque minha primeira greve vai ser. Excitante eu acho.

— E você, Uivando? — perguntou a Júlia.

— Sim, claro, claro.

O celular (2)
A GREVE

O que aconteceu depois do debate que acabei de contar foi realmente bizarro.

Não fui só eu que achei bizarro, porque vejam o que disseram as outras pessoas. O Vô Chico falou que "o bicho pegou, meu", e a companheira dele, a Lua, disse que "foi uma desconstrução do significante", mas eu não entendi o que ela quis dizer. A mamãe afirmou que "não foi normal", e o papai, que "parecia recessão". Lá na escola também comentaram muito. A Andreiazinha, nossa professora, falou que foi "um baita conflito cognitivo", a Ruth, a diretora, disse que foi "uma total anarquia", a Irmã Dulce falou que "foi o fim do mundo", mas a Irmã Dulcinéia não disse nada, somente ficou dando risada. Eu acho que a Mariflores, nossa empregada, descreveu melhor a situação:

– Que bagunça! Eu hein!

Eu vou tentar contar o que aconteceu.

***

Na segunda-feira depois do debate entre minha irmã, as Bias, a Ailuj e o Ivan, a Júlia voltou para casa sorridente e disse:

— Vitória! Eu e as meninas falamos com o pessoal da classe sobre a nossa greve de celular e eles acharam o movimento interessante.

— Eles também não querem mais usar celular? – perguntou o papai. – Duvido. Essa grevinha de vocês não vai durar nem até o final da semana.

— Engano seu – respondeu a Júlia. – Começaram por dizer que a gente era louca, mas aos poucos foram ficando interessados pelos nossos argumentos. O Ricardo, por exemplo, comentou que o uso do celular era para deficientes mentais, porque ele sabe de uma vizinha que o usa para saber em que lugar do estacionamento do *shopping* ela deixou o carro.

— Como assim? – perguntou a mamãe.

— É um programa que ela tem no celular que localiza o carro.

— Que interessante! – comentou o papai. – Muito prático. Vou tentar baixar esse programa. Qual o nome dele?

— Não sei nem quero saber, porque concordo com o Ricardo – disse a Júlia. – Quem não é nem capaz de encontrar o próprio carro num estacionamento tem uma lombada entre os neurônios. Uma criança de três anos seria capaz de encontrá-lo.

— É a vida moderna, Júlia – falou o papai. – É o progresso.

— Para mim, é retrocesso – respondeu a Júlia. – Nosso movimento vai pegar, vocês vão ver.

Na terça-feira, na volta da escola, a Júlia anunciou:

— Vitória! Mais dez pessoas da classe aderiram à greve e elas vão fazer campanha junto com a gente para mobilizar a galera.

— Que falta de assunto! — falou o papai.

— Falta de assunto é usar o celular para qualquer detalhe — respondeu a Júlia.

Na quarta-feira, ela disse que a classe toda tinha aderido à greve, na quinta, que outra classe tinha se juntado a eles e, na sexta, que todos os alunos do ensino médio estavam de greve de celular.

— Nem eu esperava tantos resultados positivos em tão pouco tempo — disse ela.

— Papai, posso ter um celular? — eu perguntei.

— Tomás, seu pequeno traidor! — falou a Júlia.

— Não, Júlia! — falou o papai. — O Tomás é que tem bom-senso, pois quer aproveitar as vantagens da tecnologia para ser um vencedor. Parabéns, Tomás.

— Não é isso — eu respondi. — É que eu queria fazer parte da greve também. Então, preciso ter um celular, senão, não vale.

O papai não respondeu nada e saiu da sala dizendo que tinha muito trabalho a fazer para a empresa dele. A Júlia olhou para mim com um sorriso e falou:

— *Yes!* Isso é que é ter consciência política. Você é dos nossos.

— Posso falar com a turma da classe para fazer greve também? — eu perguntei. — Metade do pessoal já leva celular para a escola.

— Isso nunca — gritou a mamãe. — Já basta essa loucura dos adolescentes. Isso vai acabar mal, vocês vão ver.

— Tomás, acho que é melhor esperar que o nosso movimento se fortaleça — disse a Júlia. — A vez de vocês chegará.

No domingo, com o Vô Chico e a Lua em casa, a conversa foi sobre *a tal da greve*.

— Greve de celular! — disse o Vô Chico. — Nessa eu nunca tinha pensado. E olha que fiz tantas! Mas será que, de uma hora pra outra, todos os seus colegas concordaram com seus argumentos contra a telefonia móvel?

— Na verdade, não — admitiu a Júlia. — Tem vários motivos para fazerem greve. Alguns realmente pensam que o uso do celular é nefasto para a mente e para a saúde, mas tem outros que queriam há muito tempo fazer uma greve, mas não encontravam motivo, então aderiram à nossa. Também tem aqueles que estão achando o maior barato fazer uma coisa diferente, então estão com a gente. Para eles é uma espécie de festa. Acho que também tem gente de greve apenas para fazer como todo mundo, para não ficar de fora. Mas que tem greve, isso tem.

— Será, Júlia? — perguntou o papai. — Como vocês podem saber se não tem aluno usando celular em segredo?

— A gente pensou nisso — respondeu a Júlia. — A gente montou um comando de greve, do qual eu faço parte, e de vez em quando a gente liga para o celular de um aluno para ver se ele responde ou se dá na caixa postal. Até agora, ninguém atendeu. O movimento é forte, não é, Uivando?

— Sim. Claro, claro.

— Bem, no fundo, se não querem usar celular, o problema é de vocês — falou o papai. — Mas não vão aguentar muito tempo, isso eu garanto. Daqui uma semana já estará todo mundo usando de novo, porque não dá mais para viver sem celular.

* * *

Mas o papai estava errado. Duas semanas depois, a greve continuava e os problemas começaram a aparecer.

A primeira reclamação dos pais foi que não sabiam a que hora buscar os filhos nos lugares onde eles iam. Foi o que o papai comentou:

— Júlia, antes você ligava para avisar que estava na hora de buscá-la no balé, na hípica, na aula de violão, na aula de inglês, e em outros lugares. Agora, sem celular, não dá mais para saber. Desorganiza tudo.

— Eu fiquei sabendo de outros pais que têm a mesma queixa — disse a mamãe. — Eles estão ficando inseguros.

— Não acredito! — falou a Júlia. — Basta combinar antes o horário, como a gente tem feito. Foi uma decisão de nossa assembleia lá na escola: combinar os horários de antemão com os pais. É simples.

— Não é simples! Estamos voltando à idade das cavernas — respondeu o papai. — Na vida complexa de hoje, combinar antes é difícil. Sempre acontece algum imprevisto. É tão mais civilizado ligar e dizer: "Pronto, pode vir me buscar".

— Combinar é muito importante — falou a mamãe —, mas não à moda antiga.

— De qualquer forma, vocês sempre atrasam, e não é de hoje — disse a Júlia.

— Sim, mas antes dessa greve idiota, a gente podia ligar para o celular e avisar. Agora não.

— Que diferença faz? Vou ter que ficar esperando mesmo...

— Mas assim você saberia por que está esperando, e não ficaria preocupada — falou a mamãe.

— Eu não fico preocupada. Fico apenas esperando.

— E o que você faz enquanto espera? — perguntou o papai. — Sem celular, não dá para você ver seus *e-mails*, seus torpedos ou falar com as amigas.

— *E-mail* eu vejo em casa, à noite. Não tem pressa. É quase tudo propaganda e vírus. Apago a maioria. E quanto a passar o tempo, sempre tem um colega para eu conversar, porque quase todos os pais atrasam.

— Com essa coisa de combinar antes, vocês estão nos escravizando, nós, os pais — disse o papai. — Não é justo. Eu diria que é falta de ética.

— É o que dizem os outros pais também — completou a mamãe. — Eles dizem que, sem celular, os filhos ficaram no centro do mundo e estão forçando os horários dos adultos e atrapalhando a vida profissional deles.

— É, Júlia — acrescentou o papai —, a vida de hoje é *on-line*. Combinar tudo antes, onde já se viu? Perde-se dinheiro assim.

No sábado seguinte, veio mais queixa, agora um pouco diferente, e *mó* legal. Vocês vão ver.

Já era de noite quando o papai entrou correndo na sala de televisão e gritou:

— Está havendo um assalto no *shopping*!

— Que *shopping*? — perguntou a mamãe.

— No *shopping* Baudrillard — respondeu o papai.

— Valceniro, não é lá que está a Júlia com a turma toda? Meu Deus! Que vamos fazer?

Deixa eu explicar. A Júlia e o pessoal da greve do celular (que é muita gente, porque é o ensino médio inteiro da escola) resolveram comemorar o movimento indo passear e comer no *shopping* Baudrillard, o paraíso do consumo, como diz a propaganda. Então, o papai viu na internet que estava tendo um assalto por lá.

— Não dá para saber direito o que está acontecendo — disse ele. — As notícias são confusas. A polícia já está por lá. Pode ter havido tiroteio.

— Que horror! Minha Júlia! — gritou a mamãe. — E como eles estão sem celular, não dá para falar com ela para saber se está bem. Que terrível! Precisamos ir para lá imediatamente.

— Concordo — falou o papai. — Mas antes precisamos telefonar para outros pais que não devem saber de nada. Se não fosse eu!

Daí ele pegou o telefone, o fixo empoeirado, mas que é mais barato, e ligou para a mãe do Ivan, que ligou para o pai da Ailuj, que ligou para o tio da Bia Morena, que ligou para a tia da Bia Loira, que ligou para a família de mais gente enquanto o papai ligava para mais gente ainda. Demorou um tempão e, enquanto o papai ligava, minha mãe olhava na internet, mas não havia nada de notícia nova. Ela ligou a televisão, mas como passava um filme, com duas pessoas na cama, não havia notícia nenhuma.

— Todos os pais estão indo para lá — informou o papai. — Não tem jeito, já que não podemos falar com os filhos. Que falta de ética dessa meninada irresponsável, desse bando de perdedores. Vamos embora. Tomás, você vai ficar sozinho em casa. Mas não abra a porta de casa para ninguém, só atenda o telefone e, se tiver alguma notícia de sua irmã, ligue para o celular da gente.

— Legal — eu respondi.

E eles foram embora com o 4.4 turbo alto e preto do papai. Mas ele saiu tão apressado que raspou o retrovisor na parede da garagem. Isso ia acontecer um dia.

Eu fiquei em casa vendo o filme das duas pessoas na cama e, quando ele acabou, começaram a transmitir diretamente do *shopping*. Um jornalista de gravata e de microfone falou:

— Estamos transmitindo diretamente do lado de fora do *shopping* Baudrillard, onde está havendo um assalto. A situação ainda está confusa e a polícia não permite que a imprensa adentre o local. Pelo depoimento de um funcionário que conseguimos entrevistar, haveria um bando de seis homens armados que chegaram à praça de alimentação e abordaram um grande grupo de adolescentes que lá estava comemorando alguma coisa. Os jovens teriam sido rendidos pelos marginais segundo o funcionário que fugiu logo que viu a cena. A todo momento...

Daí acabou a imagem da televisão, mas ela logo voltou.

— Tivemos um probleminha de sinal, mas já está tudo resolvido. Vou chamar a repórter Assunção que está lá embaixo, no estacionamento do *shopping* Baudrillard. Assunção, é com você.

— Edevaldo, estou no estacionamento do *shopping* Baudrillard, onde, como vocês vão ver, está uma confusão dos diabos. Muitos pais dos meninos que foram abordados pelos bandidos estão chegando aqui e tentando estacionar, mas não conseguem porque o estacionamento está lotado e esses pais não respeitam as setas, então, deu um engarrafamento monstro...

A televisão mostrou o engarrafamento monstro e, legal, filmaram o carro do papai e deu para ouvir que ele buzinava bem forte. Daí a gente ouviu outro barulho bem forte, e a Assunção explicou:

— Pelo jeito, dois carros bateram um no outro. *Deixa* eu ir até lá.

Então a gente viu imagens que tremiam e dançavam passando pelos carros e se ouvia a respiração da Assunção que finalmente mostrou dois carros batidos e dois pais que perguntaram a ela se tinha notícias do assalto.

— Por que vocês não ligam no celular de seus filhos para saber se está tudo bem? – perguntou ela.

— Eles estão sem celular – respondeu um deles. E a repórter comentou:

— Edevaldo, não dá para entender. Pais que deixam os filhos saírem sem celular, onde já se viu? É com você.

E o Edevaldo falou: — Dacrópole, é com você.

Então apareceu um senhor de pé dentro de um estúdio e que falou um tempão com jeito bravo, comentando que agora nem os *shoppings* eram lugares seguros, que a violência estava em todo lugar, e que o que estava acontecendo com os jovens poderia acontecer com qualquer um de nós. Ele explicou que os direitos humanos deveriam ser somente para seres humanos, mas isso eu já sabia porque é *mó* lógico. Ele também disse que era preciso dar um castigo exemplar a esses cidadãos de segunda classe e perguntou o que faziam os dirigentes deste país, mas como ele não sabia a resposta, falou olhando fixo para a gente:

— É isso que eu pergunto a você, telespectador.

O programa do assalto durou um tempão até que a Assunção falou bem alto:

— Acabou! Acabou o assalto. Pelas informações, ninguém ficou ferido. Vamos perguntar ao comandante que está ao meu lado o que foi que aconteceu.

— Comandante, boa noite. Acabou tudo, mesmo?

— Acabou, graças ao trabalho rápido e preciso da polícia. Nem houve tiros, e prendemos todos os elementos que não ousaram opor resistência. Missão cumprida.

— Obrigada e parabéns, comandante. Olhem! Os adolescentes chegando ao estacionamento.

Deu para ver os pais e as mães se precipitando para os adolescentes. Reconheci que eram os alunos da minha escola.

— Vamos tentar entrevistar os reféns — falou a Assunção, que, vocês não vão acreditar, acabou falando com a Júlia e o Uivando.

— Então, foi dramático? — perguntou a repórter. — O que os bandidos fizeram com vocês?

— Eles queriam roubar nosso dinheiro e nossos celulares. Mas quando a gente falou que ninguém tinha celular, eles não acreditaram e revistaram nossas bolsas e os bolsos dos meninos. Daí demoraram tanto que a polícia teve tempo de chegar e de prender todos eles. Se a gente tivesse celular, teriam roubado e fugido a tempo.

— Como assim, ninguém tinha celular? Que história é essa? Todo mundo esqueceu em casa? Não faz sentido.

— É que a gente está fazendo uma greve de celular, então, ninguém na escola usa. Não é, Ivan? Vamos embora.

— Claro, claro. Mas, senhora, eu queria aproveitar para falar da minha banda que...

Mas a Júlia puxou o Ivan pelo braço e eles foram embora. A Assunção falou:

— Greve de celular? Essa é nova. Isso é que é notícia. É com você, Dacrópole.

E o Dacrópole olhou novamente para a gente e disse:

— Esses jovens de hoje não têm mais valores. Eu pergunto: cadê a educação? Pergunto a você, telespectador: cadê a educação?

E acabou o programa.

***

Após a noite do assalto, os pais resolveram fazer uma assembleia, como os amigos da Júlia. Foi na escola, um fim de tarde. Quando o papai e a mamãe voltaram para casa, a mamãe falou que foi uma reunião muito confusa.

— Esses pais falam todos ao mesmo tempo e só querem saber dos próprios filhos — comentou a mamãe. — Além de atenderem o celular o tempo todo.

— Mas o importante é que tomamos uma sábia decisão — disse o papai.

A decisão foi a de proibir os filhos de ir para as baladas sem celular.

— Vamos ver se assim eles aprendem — acrescentou o papai.

Então a Júlia disse que teria assembleia de alunos para discutir o assunto.

No dia seguinte ela anunciou que então os alunos tinham decidido enfrentar os pais: não iriam mais a baladas e ficariam estudando em casa.

E foi isso mesmo que aconteceu. A Júlia não saía mais de casa e ficava no quarto estudando. Muitos dias depois, a mamãe comentou que os professores do ensino médio estavam preocupados porque, pelo jeito, ninguém ia pegar recuperação aquele ano.

— Não é normal — disse a mamãe.

— Também acho — respondeu o papai. — Jovens têm que se divertir, namorar. É da idade. Assim eles vão ficar doentes ou neuróticos, sei lá. A escola não vai tomar uma providência? Os pais não podem fazer nada.

— Já tomamos, mas não deu certo — falou a mamãe.

— Qual?

— Falamos com os alunos que, de agora em diante, poderiam usar o celular durante as aulas. Mas não adiantou.

— Então não tem mais o que fazer. Só aguardar.

***

Dias e dias depois, num domingo, lá em casa, com o Vô Chico e a Lua, tocou o celular da Júlia.

— Júlia! Você vai atender o celular? — perguntou a mamãe.

— Vou.

— ...

— Acabou a greve.

Ela falou rapidamente no celular e disse que era a Ailuj que queria saber se a greve tinha realmente acabado. E ela explicou que o movimento estava ficando fraco, que algumas pessoas queriam voltar a usar o celular e que os alunos preferiram sair da greve unidos.

— É, quando a massa se dispersa, *bau-bau* — disse o Vô Chico.

— Quando não há mais desejo, é preciso assumir — falou a Lua.

— Que bom que tudo voltou ao normal — disse a mamãe. — Não é, Mariflores?

— Eu hein!

— Agora pelo menos vocês vão poder se comunicar novamente — disse o papai. — Ficarem mais juntos.

— Nós nunca ficamos tão juntos quanto nesse movimento — respondeu a Júlia. — E nunca nos comunicamos tanto. Foi muito rico, não é, Uivando?

— ...

— Ivan! Oi! Você está vivo?

— Sim. Claro, claro.

Ética para meus pais

O que eu vou contar agora aconteceu bastante tempo atrás, quando eu ainda nem era turista. O papai já tinha o 4.4 alto e preto, o Paris-Dakar, mas ainda não tinha raspado o retrovisor dele na garagem e também não tinha ainda mandado fazer a nossa piscina. O gatinho Óvni não tinha chegado em casa e o Vô Chico já tinha visto a face oculta da Lua. A nossa professora ainda era a Aninha, porque ela não estava grávida bastante para ir à maternidade *dar a luz para o* Tiaguinho, e a gente ficou sabendo que ele nasceu de noite, então foi de luz elétrica.

Foi assim.

Um dia a Aninha entrou na classe com um senhor de óculos, meio careca (mas o que restava de cabelo era bem comprido), de terno, de gravata-borboleta e de tênis, meio com cara de espantado, sei lá, mas parecia bem legal. E era legal mesmo. Vocês vão ver. A Aninha falou:

— Crianças, apresento-lhes Frederico Vichi, filósofo. Ele é um pensador, tanto que já escreveu muitos livros.

— Quais? — perguntou o Felipe, que lê muito na casa dele.

— Que bom você ter essa curiosidade, Felipe — respondeu a Aninha que pegou um papelzinho e leu. — Ele escreveu, por exemplo, *O jabuti e as paixões: Ensaio sobre a paciência*. Escreveu também *Ensaio sobre a miopia: Ideologia e política*. Também tem *Assim falava Abigail: Ensaio sobre comunicação e fofoca*. Ah, eu ia esquecendo um bem importante — *Deus está dormindo: Ensaio sobre a ética provisória*.

— Ele ensaia muito, parece músico — falou o Felipe baixinho e só eu escutei.

— Esqueci algum, Professor Frederico? — perguntou a Aninha.

Daí o professor respondeu que sim, mas que não tinha importância porque filosofar era pensar e nem precisava escrever. Ele também falou que ia doar um exemplar de seu último livro para a biblioteca da escola: *O ser e o tudo: Ensaio fenomenológico sobre o consumismo*.

— Crianças — disse a Aninha —, a iniciativa de trazer o Professor Frederico foi inteiramente minha, pois achei que seria bacaninha ele falar com vocês sobre filosofia. Vamos começar. O que é filosofia, Professor Vichi?

— Interessante a sua pergunta. Eu diria que filosofar é se espantar com a vida — falou ele olhando para o teto.

— Eu acho melhor espantar os outros — falou o chato do Téo.

— É isso aí! — disse o chato do Lucas. — Filosofia neles!

— Filosofar é ter medo? — eu perguntei.

— Eis uma pergunta interessante! — respondeu ele. — E excelente ideia também!

Daí o Vichi olhou de novo para cima, deu até as costas para a gente e continuou a falar:

— Afinal, se nós não tivéssemos medo de nada, não precisaríamos pensar, menos ainda filosofar. É isso. Vou escrever um ensaio a respeito. Já tenho até a estrutura do texto. Mas o problema é sempre o título. Meu Deus, que título dar?

Ele continuou falando um pouco mais sozinho até que a Aninha chamou a atenção dele.

— Professor Vichi, esqueceu-se de nós?

Ele pareceu acordar de repente, olhou para nós meio espantado, como ele gosta, e falou:

— Desculpem-me, é que me empolguei com a pergunta do nosso pequeno pensador sobre filosofia e medo.

É a primeira vez que alguém me chamava de pensador, e olhe que eu penso bastante, sempre, talvez seja uma vocação. Só que não falo muito.

— Todo filósofo é medroso? — perguntou o Allan.

— Não foi o que eu quis dizer. Se espantar com a vida significa olhar o mundo atentamente e pensar que o que nos parece óbvio, natural, talvez não o seja. Por exemplo...

Daí não deu para dar o exemplo porque a Carminha, uma das coordenadoras, bateu na porta, entrou e falou:

— Bom dia, gente. Aninha, me disseram que havia alguém na sua sala de aula e vim ver se estava tudo bem.

— Carminha, lhe apresento o Professor Frederico Vichi.

— Vichi!

— Sim, é o Professor Vichi.

— O sociólogo?

— Não, ele é filósofo.

— É claro, eu confundi. Que prazer, Professor. Ouvi muito falar do senhor.

— O prazer é todo meu. Talvez já tenha lido livros meus?

— Infelizmente, não. Ainda não tive tempo. Mas lerei. Ainda mais agora que o senhor veio nos visitar. Mas não quero atrapalhar sua aula. Que sorte a destas crianças! Aninha, será que posso ficar um pouco para ouvir o Professor? Adoro filosofia.

— Sim, claro.

— Então, *deixa* só eu avisar a Neidinha que vou ficar um pouco por aqui.

Ela foi avisar a Neidinha, a outra coordenadora, e então voltou e sentou no fundo da sala repetindo que não queria atrapalhar. Foi estranho porque a Aninha costuma falar que quem senta no fundo é quem atrapalha as aulas. Daí o Frederico continuou a falar.

— Eu ia dizendo que filosofar é se espantar com a vida no sentido de desconfiar das coisas que parecem normais, óbvias, naturais. Vou fazer uma pergunta a vocês. O que vocês acham normal no mundo? O que consideram inevitável?

— Chover e fazer sol – falou o Renato.

— A Lua não cair na cabeça da gente – falou o Joaquim.

— O Sol nascer e deitar – disse a Marta.

— Os pais pagarem a escola – respondeu a Fátima.

— Que interessante — respondeu o Frederico. — Por quê?

— É que a gente precisa estudar, então eles pagam.

— Muito interessante! Que eles tenham que pagar a escola, isso não a espanta?

— O que espanta meu pai é o preço da mensalidade — comentou o Samuel.

Mas daí a Aninha falou que a mensalidade da escola não era um bom exemplo filosófico e pediu para a gente dar outro. Então, eu, o pensador, falei:

— Segurança! Meus pais falam muito nisso. Então tem chave nas portas e no portão, tem guardas no condomínio e na escola, tem câmeras para ver as pessoas, tem catracas e cerca elétrica, tem polícia e tem prisão, e me explicaram que, se nada disso funcionar, tem um negócio chamado seguro, que conserta tudo.

— E você acha isso normal? — perguntou o filósofo com a cara de meio espantado dele.

— Sim, para a gente viver tranquilo, isso é muito bom — eu respondi. — Imagina o medo que daria sem isso tudo!

— Interessante... Novamente o tema do medo — disse o Frederico. — Tenho reparado que todo mundo tem medo de tudo e de todos. Mas, pensem bem: vocês acham natural que haja tanta violência? Que haja tanta desconfiança entre as pessoas? Não é estranho?

— Eu acho estranho — falou o Téo, que quis ser pensador também.

— Que bom. Por quê? — perguntou o Frederico.

— Eu acho estranho, mas acho legal — ele respondeu.

O filósofo parece que não gostou da resposta do Téo, olhou de novo para cima e começou a falar que a vida seria melhor sem essa necessidade de segurança, sem essa desconfiança constante, sem esse medo cotidiano e ele tomou um susto quando bateram na porta da sala. Era a Neidinha, acompanhada de duas professoras, a Carolzinha e a Terezinha, que perguntaram se poderiam assistir à aula do Vichi, porque adoravam filosofia. Ele disse que ficava lisonjeado com a presença delas e perguntou que obra dele elas tinham lido, mas, por falta de tempo, elas também não tinham lido nada e ele respondeu que não tinha importância, porque filosofar era pensar, e elas responderam que isso elas faziam bem, e sentaram no fundo da classe. Ele falou para a gente:

— Eu quero fazer vocês, crianças, *cogitarem*. Já falamos do que vocês acham natural. Agora pergunto: o que espanta vocês? O que vocês acham curioso ou estranho e que poderia ser diferente? Por favor, pensem bem antes de responder. É preciso cogitar. Não digam a primeira coisa que lhes vem à cabeça.

Daí ficou todo mundo quieto, *cogitando* e esperando que viesse a primeira coisa na cabeça da gente, que ela fosse embora e que chegasse a segunda e depois a terceira. Eu acabei falando a quarta coisa que pensei:

— Eu acho que os adultos mentem muito! É *mó* estranho.

— Interessante... — respondeu o Frederico. — Por que você acha isso?

— Sei lá. Eu percebi que o papai e a mamãe, quando não querem fazer alguma coisa, nunca dizem que não querem, mas falam que não podem fazer, que estão ocupados, que não têm tempo, coisas assim. É mentira, não é?

— Tomás, como pode falar dos seus pais assim? — perguntou a Aninha.

Mas eu recebi apoio da galera. O Renato falou:

— Sempre escuto meu pai falar que se você puder não declarar alguma coisa para o imposto de renda, é melhor não declarar. É mentirinha, eu acho.

— Também acho — falou o Allan. — Meu pai diz a mesma coisa, e a mamãe um dia me falou para falar para a escola que eu tinha tido febre, para explicar por que não tinha feito a lição, mas eu não tinha tido febre, tinha jogado futebol e marcado três gols.

— Minha mãe, quando encontra a minha tia, sempre diz que é um prazer ver ela — lembrou a Marta —, mas é mentira, porque a mamãe sempre fala mal dela em casa.

— Também tenho um exemplo — falou o Joaquim. — Às vezes, quando toca o telefone, meu pai *manda eu* dizer que ele não está em casa, mas ele está.

— É que nem meu pai — disse a Fernanda. — Ele guia *mó* rápido, mas quando tem radar, ele pisa no freio. Então, acho que ele está mentindo para o radar, né?

A gente deu mais exemplos de mentira dos adultos e o Frederico sempre falava que era interessante, muito interessante, até que bateram de novo na porta. Era a Ruth, a diretora, com mais três professoras. A Ruth disse:

— Aninha, você deveria ter avisado a gente que convidara essa autoridade em psicologia...

— Filosofia – explicou a Aninha.

— Claro, em filosofia, que é o Professor Frederico Vichi. É uma honra tê-lo entre nós, Professor. Adoramos filosofia e sabemos que seus livros são muito relevantes.

— De qual a senhora gostou mais? – perguntou o Professor.

A Ruth ficou sem graça e acho que ela resolveu mentir também:

— Eu comprei vários, mas ainda não tive tempo de ler porque a escola não me dá folga.

As professoras foram sentar no fundo da sala, mas a Ruth sentou na frente, no lugar do Leonardo, que teve que sentar no chão. Daí a conversa sobre espanto continuou.

O Marcos falou que ele se espantava de ver os aviões decolarem e que, para ele, era mágico coisa tão grande voar como passarinho. Já a Marta achava estranho os navios não afundarem, porque eles são muito pesados. E o Allan falou que não sabia como aqueles caminhões tão compridos conseguiam fazer curva.

— Mas com um carro é *mó* fácil fazer curva – ele disse.

— Uma coisa que me espanta com carro é o número deles na rua. Cabem cinco pessoas em cada um, mas, se olhar bem, só tem uma, guiando. E a mamãe me disse que a maior poluição vem deles e que devemos cuidar do planeta e desenvolver o sustento, ou uma coisa assim – observou o Felipe.

— Eu acho estranho é quando o vizinho da gente fica lavando a sua calçada mesmo quando choveu – disse o Renato. – E ele usa um jato d'água bem forte para empurrar cada folhinha de árvore até o ralo, e demora um tempão. Parece que está brincando, mas não devia, porque parece que falta água no mundo. É o que meu tio me falou.

— Eu já estranho outra coisa nos vizinhos – falou a Fátima. – É que a gente nem conhece eles direito, não sabe nem o nome e eles nem conhecem a gente.

— É verdade – concordou a Fernanda. – Eu moro em prédio e só sei o que faz um vizinho, porque ele toca violino e dá para escutar, e ninguém gosta dele por causa do barulho que parece gato.

— Eu também não conheço os vizinhos, mas eu toco a campainha na porta de todos eles e fujo – falou o Téo. – Assim, pelo menos, eles me conhecem e reclamam com meu pai, que diz que é para eu fazer isso nos prédios do lado e eu já fiz. Sou conhecido por todo mundo no bairro.

— E eu nunca entendi por que não pode usar boné na escola – falou o Marcos. – Que é que tem?

— O que me dá medo são minhas notas na escola – disse o Allan. – Não dá para entender.

Acho que a gente nunca tinha reparado que tantas coisas espantam a gente. A gente falou do tamanho dos *shoppings*, dos restaurantes americanos que tem neles e do monte de pessoas que sempre tem por lá. A gente também comentou que os pais da gente sempre dizem que é para não falar palavrão, mas que eles dizem um monte deles quando estão guiando.

— Meu pai sempre diz que é para ajudar as pessoas — falou a Fátima —, mas parece que, no trânsito, não vale, porque ele não deixa ninguém passar por ele. Parece corrida de Fórmula 1 da TV.

— Papai sempre me diz que devo ser um vencedor — eu lembrei. — Mas isso me assusta um pouco porque deve ser *mó* difícil ser vencedor e, se eu não for, ele vai ficar bravo e triste.

— Meu pai diz a mesma coisa — comentou o Allan. — Ele diz que eu devo sempre ser o melhor de todos em tudo o que eu faço. No futebol eu consigo, então vou ser jogador profissional, ainda bem. Vou ser um jogador bem famoso, e o papai e a mamãe vão ficar contentes.

— Minha mãe fala toda hora em celebridades — falou o Marcelo. — Ela até compra revista com um monte delas na capa e nas páginas. Ela não conhece nenhuma dessas pessoas, mas sabe de tudo o que acontece com elas. Eu acho isso meio estranho.

— É que celebridade tem muito dinheiro — falou o Felipe. — O que os adultos gostam mesmo é de dinheiro.

— É verdade — concordou o Allan. — É tão importante quanto o esporte, porque no jornal tem um caderno especial para esporte e outro especial para dinheiro, mas com um monte de notícia ruim, diz meu pai.

Esse negócio de dinheiro, todo mundo falou nele.

— Meu pai tem tanto cartão na carteira dele que parece um baralho — disse o Renato.

— O meu também — falou a Fátima. — E ele fica o tempo todo na internet consultando o banco dele. Às vezes ele fica contente fazendo isso, mas reparei que não fica quando chega o fim do mês.

— Minha mãe adora comprar roupa — comentou a Fernanda —, daquelas que você vê a marca do lado de fora. *Mó* caras, ela fala.

— E a minha faz desfile de calcinhas lá em casa — falou a Sofia. — E vem um monte de mulher comprar as roupas que a gente usa em cima do corpo, mas que chama roupa de baixo. Ela diz que dá um bom dinheiro no final do mês.

— E o papai sempre comenta os salários dos jogadores de futebol e também dos artistas — disse o Allan. — São *enormes*, ele diz.

— E a minha mãe fala que acha estranho eles ganharem tanto dinheiro, que ela não sabe de onde esse dinheiro vem — disse o Felipe. — Ela pensa que é demais para alguém que só corre atrás de uma bola.

— Eles deviam viver de mesada, como a gente — eu disse.

— É inveja de vocês — foi a opinião do Allan.

— Interessante! — disse o Frederico Vichi, que estava quieto há muito tempo, mas sempre com cara de meio espantado. — Interessante a relação entre dinheiro e inveja. Daria um novo ensaio. Já tenho até a estrutura do texto. Mas que nome dar a esse novo livro, santo Deus?

Não deu tempo de ele achar o nome do ensaio porque entraram a Irmã Dulce e a Irmã Dulcinéia, que não costumam bater na porta porque na escola elas andam por onde querem. A Irmã Dulce falou:

— Fiquei sabendo que o Professor Frederico Vichi está entre nós. O senhor é filósofo, que eu sei.

— Eu adoro filosofia — disse a Irmã Dulcinéia rindo.

— Teologia é melhor, mais seguro — disse a Irmã Dulce. — Do que o senhor estava falando com as crianças?

— Na verdade, Irmã, elas é que estavam falando das coisas que as espantavam — explicou Frederico. — E, sem elas mesmas saberem, estavam falando de ética.

— Ética?

— Ética.

— Com Deus ou sem Deus?

— Nenhum aluno se referiu a Deus, pelo menos até agora.

— É que são muito jovens ainda, Professor. Muito jovens. Bom, eu deixo o senhor continuar a sua aula. Crianças, não esqueçam que Deus nunca dorme. Nunca. E que está atento a tudo, a cada gesto e cada palavra de vocês.

Então as Irmãs foram embora e o filósofo falou, meio que para ele mesmo:

— Ela leu! Ela leu!

— A gente estava falando de ética? — perguntou o Felipe. — Legal.

— A gente ouve muito falar em ética — comentou a Marta. — O que é, de verdade?

— É o que falta — eu expliquei.

Mas o Frederico deu uma explicação diferente. Ele disse que as pessoas costumam chamar de ética as coisas que têm a ver com o bem e com o mal, mas a ética também tem a ver com a vida, com os costumes, com as coisas que as pessoas fazem, com o jeito que levam a vida, com aquilo de que gostam ou não gostam.

— Então os pais devem ensinar ética aos filhos? — perguntou o Felipe.

— Ensinar os filhos como viver bem e inteligentemente? — respondeu o Frederico. — Sim, devem. Ou deveriam. Mas as crianças e os jovens também podem ajudar os mais velhos.

— Acho que não dá — eu falei.

— Por quê? — perguntou o filósofo, meio espantado como sempre.

— Porque eles não confiam na gente — eu respondi. — Quer ver: quando pensam que alguém errou feio, reparei que eles dizem que foi um *erro infantil*. Então, para eles, criança erra o tempo todo. Não é justo.

— Interessante essa sua reflexão sobre erro infantil — disse o Frederico. — E concordo com você. Falar em *erro infantil* não é justo. As crianças cometem erros, é claro, como todo mundo. Mas as crianças, como vocês o mostraram hoje, têm uma capacidade que muitos adultos perderam: a de se espantar. A de se espantar com a vida dos homens e das mulheres, com o mundo. Os adultos acabam achando tudo muito natural. As crianças, não. Elas se espantam porque são muito observadoras. Os olhos de vocês veem muitas coisas. E vocês deveriam se lembrar do que veem, se lembrar, como hoje, dos seus espantos. E vocês também deveriam escrever sobre essas coisas que observam e que acham legais ou estranhas. Escrever para não esquecer. E também para seus pais lerem.

— *Tipo* ética para os pais da gente? — eu perguntei.

– Por que não? – respondeu Frederico Vichi.

* * *

De volta para casa com a mamãe e a Júlia, no Campinas-Jundiaí, fiquei pensando nesse negócio de ética, esse negócio de observar e se espantar com o mundo, com as pessoas. Mas o que olhar? Tem tanta coisa! Então fiquei vendo como a mamãe guia o carro dela, bem devagar e na pista do meio.

E tive uma ideia.

Vou observar como o papai guia e contar tudo.

É um jeito bem diferente.

E que espanta.

Vocês vão ver. Olé!